Petra Weise

Eine verhängnisvolle Diagnose

und andere Geschichten

Bibliografische Information der Deutschen Nationalbibliothek
Die Deutsche Nationalbibliothek verzeichnet diese Publikation in der
Deutschen Nationalbibliografie; detaillierte bibliografische Daten sind im
Internet über http://dnb.dnb.de abrufbar

© 2018 Petra Weise
Herstellung und Verlag: BoD – Books on Demand Norderstedt

ISBN 978-3-7347-3096-2

**Die wahre Lebenskunst
besteht darin,
im Alltäglichen
das Wunderbare zu sehen.

Pearl S. Buck**

Inhalt

	Seite
Zombie	9
Mein Fahrlehrer Heinrich	19
Die falsche Adresse	29
Rückflug in die Sackgasse	39
Disput um Mitternacht	52
Das Geburtstagsgeschenk	58
Denkanstoß	67
Der Irrtum	75
Unsere erste Radtour	80
Der Spaziergang	95
Die Sekretärin	104
Die Panne	114
Urlaub am Meer	128
Angela und Europa	137
Eine verhängnisvolle Diagnose	149

Zombie

„Zombie! Ein echter Zombie! Die erschreckt Tote mit ihrer Fresse."
Die Kinder kreischten und sprangen johlend herum. Was war da los? Neugierig schlenderte ich quer über den Schulhof direkt auf die Gruppe zu. Normalerweise hielt ich mich lieber zurück, stand an den dicken Stamm der Kastanie gelehnt und schaute dem Treiben aus sicherer Entfernung zu. Ich mochte in keinen Händel hineingezogen werden. Zum Glück war ich für meine zehn Jahre recht groß und wurde von den anderen Jungen ohne jeden Kampf respektiert.
Neben der Schultreppe grölten mindestens zwanzig Kinder: „Zombie! Zombie!"
Sie schlugen sich gegenseitig brüllend auf die Schultern. Neugierig trat ich näher.
In der Mitte der Gruppe taumelte ein kleines Mädchen. Es musste aus der ersten Klasse sein, denn keiner von uns hatte es jemals vorher gesehen. Die Jungen stießen sich die Kleine wie einen Spielball zu riefen immer wieder: „Zombie!"
Ich schaute mir das Mädchen näher an. Die schmalen Schultern vermochten den riesigen Kopf kaum zu tragen. Mir schien, ihr Gesicht

bestand nur aus einem schrecklich breiten Mund und vorstehenden, fleckigen Zähnen. Die stumpfen grauen Haare starrten wirr und strohig nach allen Seiten und verstärkten noch den Eindruck von einem Riesenschädel. Augen und Haut waren quittegelb. Spinnenhaft hingen dürre Ärmchen schlapp an den Seiten. Dazwischen blähte sich eine dicke Bauchtrommel wie ein aufgepusteter Luftballon. Entsetzt schaute ich weg. Zombie sah wirklich zu grässlich aus.

In diesem Moment bahnte sich Philipp aus der dritten Klasse einen Weg durch die Horde und stellte sich mit ausgebreiteten Armen schützend vor Zombie. Drohend schüttelte er seine Faust in jede Richtung und schrie: „Wer meine Schwester noch mal anrührt, der erlebt den nächsten Tag nicht mehr! Kapiert?!"

„Halts Maul, du Knirps!" Frank grinste. „Du Zombiebruder."

Langsam trat Philipp einen Schritt zurück. Er musterte sein Gegenüber, der sogar mich einen ganzen Kopf überragte. Frank hatte fast jedes Schuljahr wiederholt und war gut drei Jahre älter und gefürchteter als wir aus der Vierten.

Plötzlich duckte sich Philipp und hechtete Frank mit gesenktem Kopf mitten ins Gesicht. Der heulte auf und fasste sich an die Nase. Entsetzt starrte er auf seine blutverschmierte Hand.

Dann schlug er zurück. Philipp brüllte und warf sich rasend vor Zorn in die Menge. Er trat heftig mit den Beinen in jede Richtung und boxte sich mit Füßen und Fäusten eine Gasse. Langsam traten wir zurück, auch Frank machte Platz. Philipp drehte sich zu seiner Schwester um und strich ihr langsam und sanft über das Haar. Dann kramte er ein zerknülltes Taschentuch aus seiner Hose und wischte der Kleinen vorsichtig übers Gesicht. Sprachlos standen wir abseits und beobachteten, wie er die Hand seiner Schwester nahm und langsam und ohne sich umzuschauen mit ihr davonging.

Die meisten von uns waren Bauernkinder, die nach der Schule im Stall und auf dem Feld hart zupacken mussten. Für Zärtlichkeiten hatten wir keinen Sinn. Das war was für Mädchen. Und für Philipp. Der schämte sich nicht einmal, wenn er vor unseren Augen mit Mädchen Fangen spielte.
Wir spielten nie mit Mädchen. Und ganz selten mit Philipp. Manchmal setzten wir uns dazu, wenn er seine Geschichten erzählte. Er konnte fabelhaft erzählen. Keiner von uns wusste, ob er all die spannenden Abenteuer wirklich erlebt oder nur darüber gelesen oder sie sich einfach ausgedacht hatte.

Zur Schule kam er nun stets mit seiner Schwester. Er trug ihr den Ranzen, führte sie an der Hand und redete lachend auf sie ein. Zombie selbst sprach wenig. Manchmal dachte ich, sie nehme uns überhaupt nicht wahr. Nur, wenn einer von uns ganz nah an ihr vorbei ging, zuckte sie zusammen. Steif und mit geschlossenen Augen blieb sie dann stehen, als ob es dann keine möglichen Peiniger gäbe. Sie weinte nie, beklagte sich nicht, lief nicht einmal davon. Das konnten wir am allerwenigsten begreifen und verachteten sie wegen ihrer Ergebenheit aus tiefstem Herzen.

Täglich dachten wir uns neue Gemeinheiten aus. Oft schlugen wir ihr das Frühstück aus der Hand. Aber sie hob nur still das verschmutzte Brot auf und trug es in den Abfallkorb. In den Pausen stand sie abseits, dicht im Schatten der Schultreppe und spielte mit ihren Händen. Das war ein seltsames Schauspiel. Sie ließ ihre dünnen langen Finger durch die Luft laufen und schaute selbstvergessen dabei zu. Ihre dicken Lippen bewegten sich lautlos. Mal verzog sie bei ihrem Spiel den Mund, als ob sie weinte, dann wieder lachte sie. Mal streichelte sie beruhigend ihre Finger oder versuchte, mit der linken Hand den rechten Arm zu fangen.

Eines Tages sprach ich sie an: „Sag mal, was fuchtelst du dauernd mit deinen Fingern?"

„Ach, das sind meine Vögel." Sie lächelte. „Siehst du, wie schön sie sind?" Fragend schaute sie mir direkt in die Augen. Dann sprach sie weiter: „Der linke ist böse, aber nur ein bisschen. Der rechte ist lieb, den mag ich besonders. Er hat so wunderschöne rote Federn."
Wie zum Beweis streckte mir Zombie ihren rechten Arm vor die Nase.
„Du spinnst!"
Sie lachte. „Ach, ich spiele doch bloß. Sieh mal, wenn ich die Hand so halte", sie formte ihre Finger wie einen Schnabel und ließ ihn auf- und zuschnappen, „dann reden meine Vögel. Genau wie die Menschen."
Schelmisch blitzten ihre hellblauen Augen zu mir rauf. „Meine Vögel verstehen alles. Sie können sogar Gedanken lesen. Und wenn ich die Arme ausbreite, dann fliegen sie. Siehst du?"
Sie wippte mit den Armen und seufzte: „Ach, am liebsten würde ich mitfliegen, aber ich trau mich nicht. Willst du?"
Freundlich hielt sie mir ihre kleine rechte Hand entgegen und lachte. Ich war so überrascht, dass ich kein Wort hervorbrachte und einfach davonlief.

Zombies seltsame Vögel gingen mir nicht mehr aus dem Kopf. Ich betrachtete meine Finger von allen Seiten, aber wie schöne Vögel sahen sie nicht aus.

Am Nachmittag lief ich zur Halde. Von dort oben konnte man das ganze Dorf überblicken. In der Mitte stand die wuchtige Kirche, schräg dahinter unsere kleine Schule, ringsherum alte Kastanien. Links und rechts der Dorfstraße lagen nebeneinander die zwölf Höfe. Der kleinste gehörte dem Bäcker, in dem großen grauen am Ortsrand wohnte ich. Abseits vom Ort, direkt am Hang neben der Autobahn lag die Siedlung der Städter, die von Jahr zu Jahr größer wurde. Jetzt bauten sie schon zwischen unseren Höfen ihre Häuser.

Das schönste Grundstück lag am Waldrand. Das leuchtend gelb verputzte Haus inmitten einer großen Wiese war weithin zu sehen. Dort wohnte Zombie. Und genau dort wollte ich jetzt hin.

Schnell lief ich die Halde hinab, sprang mit einem Satz über den Saubach und quetschte mich zwischen den Sträuchern hindurch, die das Grundstück umsäumten. Weit und breit war kein Mensch zu sehen, nicht einmal ein Hund. Ich lehnte mich an einen Kirschbaum und sah mich um. Nicht weit von mir stand ein winziges knallrotes Holzhäuschen mit einer kleinen Tür,

Gardinen an den Fenstern und einem Schornstein auf dem Dach. Eine Zwergenvilla. Die wollte ich mir näher ansehen.
Ich rannte quer über die Wiese direkt auf das kleine Häuschen zu und wäre fast über Zombie gestolpert. Sie lag im Gras und malte. Natürlich Vögel. Wunderschöne Vögel mit langen Federn und leuchtend bunten Flügeln. An die zehn Blätter lagen ringsum auf der Wiese verstreut, wo der Wind sie lebendig machte. Ein herrlicher Anblick. Wenn nur diese scheußliche Musik nicht gewesen wäre! Sie dröhnte ohrenbetäubend aus zwei Lautsprechern, die mitten im Gras aufgestellt waren. Ich wunderte mich, dass ich diesen Lärm auf dem ganzen Weg hierher nicht bemerkt hatte. Ein Männerchor sang seltsam abgehackte Melodien, begleitet von einem nervigen Getrommel.
„Magst du Santana? Nina hat alle Platten."
Erschrocken fuhr ich herum.
Philipp grinste. „Ich guck dir schon ne ganze Weile zu. Da – mein Versteck." Er wies mit dem Kopf nach oben in den Kirschbaum.
Jetzt entdeckte ich den Brettersitz zwischen den Zweigen, auch eine gelb-schwarze Flagge. Philipp schwenkte eine Strickleiter in meine Richtung.
„Willst du mit rauf? Oder besuchst du Nina?"
„Wieso Nina?"

„Stell dich nicht so blöd! Hab doch gesehen, wie du auf ihre Bilder gestarrt hast."

Jetzt begriff ich: Zombie hatte einen Namen - Nina.

„Komm nur! Die malt sowieso nur ihre Vögel." Philipp lachte und knuffte mich leicht in die Rippen. „Den Tick hat sie schon lange. Aber das ist noch nicht alles. Du musst sie mal beobachten, dauernd quatscht sie. Sie redet mit ihren Tieren. Musst dich nicht wundern, wenn du keine siehst. Die gibt´s nur in ihrer Fantasie. Sie kommandiert an die elf Hunde, eine Herde Gäule und ein paar Katzen." Wieder lachte Philipp.

„Und warum diese irre Musik?"

„Weiß nicht. Sie braucht das. Auch bei den Schulaufgaben dreht sie volle Pulle auf. Meist Santana oder Jethro Tull. Und Chicago, wenn sie sauer ist. Magst du die auch?"

Ich nickte eifrig, obwohl ich noch nie von solchen Namen gehört hatte.

Nina hatte aufgehört zu malen. Sie kauerte im Gras, die Arme um die angezogenen Knie geschlungen und schaute mich an. Mir war das unangenehm. Ich drehte mich zur Seite und betrachtete das kleine Häuschen.

„Kannst reinschauen, wenn du willst."

Als erstes fiel mir ein Fernsehgerät auf, das auf einem knallroten Tisch stand. Gleich daneben

die ebenfalls rote Stereoanlage, auf der sich eine Schallplatte drehte. Im Wandregal stapelten sich unzählige Platten, Musikkassetten, CDs und Bücher. Die ganze linke Hausecke füllte ein lustig bunter Sessel aus. Unter den beiden Fenstern diente ein breites Kieferholzbrett als Schreibtisch. Überall lagen Zettel, Bilder, Stifte und Stofftiere herum, sogar auf dem Teppichboden.
Es wurde ein recht lustiger Nachmittag. Nina entpuppte sich als hervorragende Spielgefährtin. Sie steckte voller spaßiger Einfälle, spielte fabelhaft Karten und erzählte pausenlos Witze. Zum Abschied schenkte sie mir eines ihrer Bilder mit einem roten und einem blaubunten Vogel.

Als ich am nächsten Morgen Nina wie immer versteckt hinter der Schultreppe entdeckte, winkte ich ihr zu und lief hinüber. Im gleichen Moment fielen mir Frank und die Anderen ein. Aber es war schon zu spät. Sie hatten uns längst entdeckt und brüllten im Chor: „Zombie hat nen Bräutigam! Zombiebraut und Bräutigam!"
Nina blieb ganz ruhig und schloss die Augen. Ich hasste sie.
„Das ist nicht wahr! Ich will Zombie das Brot wegwerfen."

Aber keiner hörte auf mich. Tränen der Wut schossen mir in die Augen. Mir war entsetzlich übel. Die Kinder lachten immer lauter, schnitten Grimassen und kamen bedrohlich nahe. Ich fürchtete mich und lief weinend nach Hause.

Mutter erschrak über mein rotfleckiges Gesicht und steckte mich ins Bett. Ich bekam Fieber und war lange krank. Erst drei Wochen später durfte ich wieder zur Schule.

Gleich am ersten Tag erfuhr ich von Ninas Tod.

Das ist nun schon so viele Jahre her. Aber ich habe das kleine Mädchen nie vergessen und träume noch heute manchmal von ihren bunten Vögeln. Von dem, der ein bisschen böse ist und von dem lieben mit den starken Flügeln.

Mein Fahrlehrer Heinrich

„Können Sie nicht aufpassen? Sie sitzen hinter dem Steuer und nicht beim Friseur! Das war ein Stoppschild! Ein STOPPSCHILD! Was macht da ein normaler Mensch?"

Ich machte erst mal gar nichts, saß nur verschreckt hinter dem Lenkrad und war den Tränen nahe. Vorsichtig versuchte ich zu kuppeln. Nichts passierte. Die Karre rührte sich nicht. Meine nassen Hände rutschten ab, als ich die Gangschaltung abtastete. Verflixt, wo ist nur der erste Gang? Ich schloss die Augen und versuchte, mich zu konzentrieren. Mit der rechten Hand drückte ich den Schalthebel nach links und dann nach vorn. Geschafft. Nun langsam die Kupplung kommen lassen und vorsichtig Gas geben. Der kleine Fiat heulte auf und sprang mit einem wilden Satz schräg auf die Straße. Erschrocken ließ ich das Lenkrad los. Heinrich fasste zu. Er fluchte laut über Weiber am Steuer. Ich bat um Entschuldigung und übernahm schnell wieder das Lenkrad. Dabei achtete ich darauf, meine Hände genau auf „zehn nach neun" - die rechte etwas rechts oben, die linke links in die Mitte – auszurichten.

Ich konzentrierte mich auf die Fahrspur und versuchte, ruhig zu atmen. Ein. Aus. Immer wieder. In den Innenspiegel schauen, blinken, Außenspiegel, Kopf drehen. Langsam und gleichmäßig fuhr der Fiat an.

Plötzlich ein Ruck. Der Gurt zerrte an meiner Schulter. Wir standen mitten auf der Kreuzung. Was hatte ich jetzt wieder falsch gemacht? Mir war entsetzlich heiß. Um mich herum hupten Autos. Die Fahrer wedelten mit ihren Händen vor ihrer Stirn, tippten sich an die Schläfen, grinsten höhnisch. Heinrich grinste zurück.
Eine Frau am Steuer. Man wusste Bescheid.
Heinrich brüllte mir ins Ohr: „Was sollte das nun wieder? Erst findet Madame Schlaftablette das Gaspedal nicht und jetzt nicht die Bremse."
Ich zuckte zusammen. Was war denn passiert? Wieso fragt er nach der Bremse?
„Wer weiß, was passiert wäre, wenn ich nicht gebremst hätte!?"
Aha. Heinrich hatte gebremst. Wegen IHM stand ich jetzt mitten auf der Kreuzung und wusste nicht weiter. Meine Knie zitterten. Aber nicht vor Angst. Ich war wütend.
Heinrich wetterte: „Geht das in kein Weiberhirn, dass man langsam an eine Vorfahrtstraße heranfährt?"

„Langsam? Aber ich fahre doch langsam. Sie meckern doch ständig, dass ich zu langsam bin."

„Und warum siehst du das Vorfahrtschild nicht?" Verächtlich duzte er mich und schimpfte noch einmal: „Wer weiß, was passiert wäre, wenn ich nicht gebremst hätte."

„Was wohl?", fauchte ich zurück. „Wir würden jetzt nicht mitten auf der Kreuzung stehen." Ich drehte mich zu ihm um. „Sie bringen mich damit in Gefahr."

„Sei nicht so frech! Fahre endlich an die Seite! Das wirst du wohl noch schaffen."

An die Seite. An welche Seite? Habe ich jetzt Vorfahrt?

Heinrich erklärte mir keinen meiner Fehler. Ich wusste nur, dass ich alles falsch machte.

„Hast du Halsstarre, weil du dich nicht umdrehst? Oder verrutscht sonst die Frisur?"

„Rechts! Weißt du nicht, wo rechts ist?"

„Die Prüfung kannst du vergessen, wenn du nicht bald den dritten Gang findest."

Ich schluckte. War ich wirklich nicht in der Lage, Auto fahren zu lernen? Glaubte mein Lehrer, ich sei zu dumm für den Führerschein? Nein – dumm war ich nicht. Für mein Abitur musste ich mich nicht groß anstrengen. Studieren wollte ich nicht, ich wollte Geld verdienen. Mein eigenes Geld. Mit meinem guten Abschluss war es leicht, den Lehrvertrag bei der Deutschen Bank zu bekommen. Ich galt als ruhig und ausgeglichen und kam mit den neuen Computerprogrammen leicht zurecht. Auch mit dem Beamer und dem neuen Kopierer hatte ich keinerlei Probleme.

Weshalb machte mich schon der Gedanke ans Autofahren so nervös? Bereits beim Einsteigen zitterte ich und hatte Mühe, den Zündschlüssel ins Schloss zu stecken. Ich schwitzte, weil ich Blinker und Scheibenwischer nicht auseinander halten konnte. Kein Wunder, dass mein Fahrlehrer keine Geduld mit mir hatte. In seiner Gegenwart brachte ich kaum ein Wort über die Lippen und freute mich jedes Mal, wenn die Fahrstunde endlich vorüber war.

Auf dem Heimweg trödelte ich durch den Park. Ich hatte keine Augen für die Enten, die in einer langen Reihe über den Weg watschelten. Ich dachte nur an den groben Fahrlehrer. Verärgert stieß ich einen kleinen Stein beiseite und ließ mich auf die nächste Bank fallen. Ein älterer Herr setzte sich zu mir.

„Na, Mädchen, zu viel gelaufen? Ja, ja, Sport ist gesund, aber ausruhen ist auch wichtig."

Wieso zu viel gelaufen? Sehe ich wie ein Jogger aus? Ich sah an mir hinunter: völlig verschwitzter Schlabberpulli, weite Flanellhose, bequeme flache Sportschuhe. Die langen braunen Haare hatte ich mit einem einfachen Gummiband im Nacken zusammengebunden. Nicht schön, aber zum Autofahren sehr praktisch. Ins Büro würde ich so gekleidet natürlich nicht gehen.

Zur nächsten Fahrstunde konnte ich nach der Arbeit nicht erst nach Hause laufen, um mich umzuziehen. Ich stand in meinem engen schwarzen Lederrock und meiner roten Lieblingsbluse am Treffpunkt nahe der Petrikirche. Große schwarze Onyxperlen glitzerten an meinen Ohren und an der Halskette. Ich war noch geschminkt, meine langen braunen Haare fielen locker über die Schultern. Statt der flachen Sportschuhe trug ich halbhohe Pumps, mit denen ich hoffentlich die Pedale im Auto bedienen konnte.
Heinrich lehnte an der Beifahrertür. Als er mich sah, zog er seinen Bauch ein. Ich musste schmunzeln. Heinrich lächelte mich an.
„Können wir?", erkundigte ich mich vorsichtig.
Heinrich reagierte nicht. Mit offenem Mund starrte er mich an.
„Richter. Montag halb sechs."
„Fräulein Richter?"

Ich nickte. „Haben Sie jemand anderen erwartet?"

„Nein. Nein, nein … ich wusste nur nicht. Ich meine..."

Was sollte dieses Gestotter bedeuten? Hatte er mich nicht erkannt? Ich lachte. Heinrich lachte sofort zurück.

„Wie geht es Ihnen?", fragte er freundlich. „Brauchen Sie noch was? Oder können wir sofort fahren?"

Natürlich können wir sofort fahren. Dafür bin ich schließlich hier. Ich sagte gar nichts, setzte mich schnell in den kleinen Wagen. Sofort saß Heinrich neben mir und wollte mir beim Anschnallen helfen.

„Geht´s?"

Ich nickte irritiert, aber ich verstand gar nichts. Heinrich reichte mir den Zündschlüssel.

„Ganz ruhig bleiben! So ein hübsches, junges Mädchen wie Sie schummeln wir locker durch die Prüfung." Er blinzelte mir verschwörerisch zu.

Jetzt verstand ich. So tickt dieser Mann also. Und mir war im gleichen Moment klar, wie ich mich verhalten musste.

Ich bat: „Bitte, könnten Sie so lieb sein und mir noch einmal erklären, worauf ich als erstes zu achten habe?" Bemüht hilflos schaute ich Heinrich ins Gesicht.

Er versicherte eilig: „Selbstverständlich, Fräulein Richter. Selbstverständlich."
Ich drehte den Schlüssel im Zündschloss um. Der Motor heulte auf. Aber Heinrich blieb ruhig. Er lächelte mich beruhigend an.
Heinrich hatte viel Geduld. Er gab genaue Anweisungen, wann ich zu kuppeln und wann ich in welchen Spiegel zu schauen hatte.
Ich seufzte. „Ihre starken Nerven möchte ich haben. Nur einen einzigen Tag. Wie leicht wäre dann meine Arbeit im Büro."
Ich fürchtete schon, zu dick aufgetragen zu haben und wagte einen naiv-bewundernden Seitenblick. Doch Heinrich hing an meinen Lippen und nickte. Rasch sprach ich weiter: „Jede Stunde quält ein anderer ungeschickter Schüler Ihr schönes Auto. Haben Sie keine Angst, dass mal was kaputt geht?"
Heinrich reckte sich. Milde lächelte er mich an. „Immer schön ruhig bleiben, Fräulein Richter. Jeder hat mal angefangen. Ich war heute sehr zufrieden mit Ihnen. Beim nächsten Mal wird es noch besser klappen."
Erleichtert merkte ich, dass die Fahrstunde vorüber war.

Eilig lief ich nach Hause und berichtete meinem Freund Harald, wie gut ich heute den kleinen Fiat durch die Stadt steuern konnte und wie zufrieden mein Fahrlehrer mit mir war. Doch Harald hörte mir nicht zu. Er schaute Fußball. Es hatte keinen Sinn, jetzt weiterzusprechen. Haralds Augen und Ohren klebten am Fernseher. Ich fühlte mich überflüssig.

Ob sich Heinrich ebenso für Fußball interessiert wie Harald? Und wenn, was sollte mir das nützen? Es sei denn, ich könnte ihn zur nächsten Fahrstunde in ein Gespräch über Fußball verwickeln. Vielleicht klappte dann das Fahren ebenso gut wie heute?

Ich setzte mich zu Harald aufs Sofa: „Wer spielt denn?"

„Na die Bayern."

Wir wohnten in Frankfurt und Harald schwärmte für Bayern München.

„Eine einzige Chance und der Mathäus knallt die Murmel rein!"

„Und die anderen?"

„Wie? Ach so! Chancen ohne Ende, mindestens sieben – aber kein einziges Tor."

„Ich meine, gegen wen spielen die Bayern denn?"

„Na Dortmund. Siehst du doch."

Woran sieht man das? Stand weder auf dem T-Shirt noch auf dem Bildschirm. FCB und BVB – ein B stand für Bayern. Aber welches? Und wieso Dortmund?

„Dortmund? Ist doch in keinem Kürzel ein D. Welche sind denn Dortmund?"
Harald gab keine Antwort. Er sprang auf. „Das kann man doch nicht pfeifen! Das war eindeutig eine Schwalbe!"
„Schwalbe? Wo denn?"
An Haralds Blick erkannte ich, dass ich etwas fürchterlich unpassendes gesagt hatte. Also schwieg ich lieber. Doch Harald schimpfte weiter: „Ist das zu fassen? Dieser Schieds ist blind!"
Jetzt sah ich einen Mann auf dem Rasen liegen. Er krümmte sich und hielt mit beiden Armen das linke Knie umfasst.
„Schiebung! Dem Möller musst du die gelbe Karte geben und nicht dem Mathäus, du Blödmann!"
„Aber Harald, reg dich doch nicht so auf!"
„Nicht aufregen? Hast du das nicht gesehen? Der lässt sich einfach fallen, aber der Mathäus bekommt Gelb."
Harald holte sich ein Bier und stellte die Flasche geräuschvoll auf den Tisch. Er schimpfte: „Alle sind sie gegen die Bayern. Alle!"

Heinrich auch? Das musste ich wohl als erstes herausfinden, bevor ich während meiner nächsten Fahrstunde das Gespräch auf das heutige Fußballspiel lenke. Vielleicht ist Heinrich dann ebenso locker wie heute und ich kann bald zur Fahrprüfung zugelassen werden.

Die falsche Adresse

Es kam mit der Morgenpost und sah aus wie jedes andere normale Paket: eingewickelt in braunes Packpapier und an den Seiten mit breitem Klebeband verklebt. Der Postbote stand mit unbeteiligter Miene an der Tür, tippte mit seinem Zeigefinger auf ein Blatt Papier und hielt mir einen Kugelschreiber direkt vor die Nase. Er sah nicht, wie mühsam ich mich auf den Beinen hielt, denn ich allein ahnte, dass es mit dem Paket eine besondere Bewandtnis hatte, eine ganz besondere …

Dicht neben der Anschrift fiel mir ein Stempel auf. Er sah aus wie eine kleine Tabelle. Zwei Positionen waren dick angekreuzt: „Empfänger unbekannt" und „Zurück an Absender". Der Absender war ich. Vor genau zehn Tagen hatte ich eben dieses Paket abgeschickt, nach München, Hofmannstraße 51. An Herrn Ralf Assmann. Rasch blätterte ich in meinem Adressbuch, obwohl ich Ralfs Anschrift im Schlaf hersagen konnte: Hofmannstraße 51 – mit Rotstift eingetragen. Nur die Telefonnummer fehlte noch.

„Auskunft? Bitte die Rufnummer von Assmann in München. Assmann Ralf."

„Assmann mit Doppel-S?"

„Ja, Doppel-S. Und Ralf mit einfachem Eff wie Friedrich."

„Mistralstraße?"

„Nein, nein. Hofmannstraße. Hofmann mit einem Eff. Hofmannstraße 51."

„Kein Eintrag."

„Moment, bitte, der Anschluss ist neu."

„Augenblick. Nein, kein Eintrag. Unter Hofmannstraße 51 ist die Firma Siemens eingetragen. Die Rufnummer wird angesagt."

Ralf war mein Verlobter. In vier Wochen wollten wir heiraten und in München ein ganz neues Leben beginnen. Nur wir zwei – ohne alte Freunde und ohne Familie. Ralf hatte schon alles vorbereitet. Unser neues Leben können wir unmöglich hier in Rantum beginnen. Ralf meinte, ich müsse hier so schnell wie möglich weg, sonst wäre ich bald genauso spießig und kleinkariert wie alle Leute auf Sylt.

„Ein Jahr Bundeswehr hier in dieser Einöde ist schlimm genug. Warum sollten wir freiwillig am Ende der Welt leben?"

„Aber Ralf, Sylt ist doch nicht das Ende der Welt. Im Gegenteil! Die Feriengäste kommen

jedes Jahr vom Festland herüber. Sogar aus dem Süden. Aus Düsseldorf zum Beispiel.
„Typisch! Für dich ist Düsseldorf schon Süden. Aber Düsseldorf ist Norden. Nicht weit weg von der Nordseewelle."
Ich lachte. Ralf übertrieb gern.
„Du lachst. Warst wohl noch nie im Süden, was? Gardasee?"
Lächelnd schüttelte ich den Kopf.
„Oder wenigstens in München?"
Wieder schüttelte ich den Kopf. „In Hamburg war ich mal. Vor zwei Jahren. Und ich fahre hin und wieder zu Tante Lore nach Kiel."
„Kiel", schnaufte Ralf verächtlich. „Du hast keine blasse Ahnung von der Welt. Du weißt echt nicht, wie schön es im Süden ist."
„Meine Eltern waren mal in Spanien. Aber das machen sie nie wieder. So feinen Strand wie auf Sylt gibt es nirgendwo auf der Welt. Auch nicht in Spanien."
„Und du Dummerchen glaubst das. Der Strand in Spanien mag grober sein. Dafür liegt der Sand am Boden und knirscht nicht wie hier zwischen den Zähnen und in der Unterwäsche. Außerdem brauchst du im Süden einen Sonnenschutz und keinen Windschutz wie hier. Dieser ewige Wind! Der macht mich verrückt!"
„Aber er ist gesund. Der Wind vertreibt viele Krankheiten."

„Logisch. Wen vertreibt der Wind nicht? Das hält die stärkste Bazille nicht aus. Einfach ätzend!" Ralf schniefte. „Ich sterbe vor Langeweile."

„Westerland ist nicht langweilig. Eher sehr hektisch. Und Kampen..."

Mit einer heftigen Handbewegung schnitt mir Ralf die nächsten Worte ab. „Kampen. Ausgerechnet Kampen. Zehn windschiefe Häuser mit Stroh auf dem Dach. Sehr modern. Bäh..." Höhnisch lachte er auf. „Ohne eure Feriengäste könntet ihr euch begraben lassen. Sand dafür habt ihr genug." Weit holte er mit seinen Armen aus. „Schau dich um! Eine einzige Straße. Nicht mal ein Hund rennt hier lang. Und weißt du auch, warum? Weil er keinen einzigen Baum findet, an den er pinkeln könnte."

Ich lachte.

Rolf ergänzte: „Ich glaube, du weißt nicht einmal, wie ein richtiger Baum aussieht."

Ich konnte mir ein Leben auf dem Festland nicht so recht vorstellen. Zwar besuchte ich gern meine Tante in Kiel. Sie wohnte außerhalb der Stadt in einem hübschen Häuschen mit einem großen Garten voller kleiner Tannen und wunderschöner Sträucher und Blumen. Aber jedes Mal war ich froh, wenn ich wieder heim auf die Insel fuhr. Mit dem Zug den Damm entlang übers Watt. Das war wunderschön.

Ralf mochte das Wattenmeer nicht. Er fand es langweilig. Dabei gab es so viel zu sehen: kleine Krebse und Muscheln zum Beispiel. Und man musste gut aufpassen. Die Wasserlöcher konnten tief sein. So mancher Fremder hatte die Orientierung verloren und nicht gemerkt, wie schnell das Wasser zurück kam. Ralf wunderte das nicht. Er meinte, in jede Richtung wäre nur der gleiche eklige Schlamm. Aber ich glaube, eine Wattwanderung ist interessanter als ein Spaziergang in den Alpen. Ich hatte immer gern Wanderungen über das Watt unternommen. Mit meinen Freunden lief ich stundenlang durch den Schlick und erfreute mich an der schönen Natur. Nach der Arbeit bummelte ich gern am Wasser entlang, manchmal bis vor zur Himmelsleiter und dann durch die Dünen zurück. Mich störte der Wind nicht, im Gegenteil. In meinen warmen Anorak gehüllt stemmte ich mich gern gegen den Sturm und ließ mich richtig durchpusten. Eigentlich war ich glücklich auf der Insel.

Bis Ralf kam. Er hat mir viel von fremden Ländern und vor allem von München erzählt. Ralf sehnte sich nach den Biergärten. Er meinte, dass sich dort wildfremde Menschen miteinander unterhalten und fröhlich sind. Es stimmt schon – hier war man Fremden gegenüber verschlossen. Ich auch. Aber Ralf wollte mir helfen und meinte, ich würde mich ganz schnell in München eingewöhnen und mir kein anderes Leben mehr wünschen.

Als die Bundeswehrzeit abgedient war, fuhr Ralf noch am gleichen Abend fort. Er wollte sich sofort melden, wenn er einen Job und eine passende Wohnung für uns gefunden hatte. Am liebsten wäre ich gleich mitgekommen. Aber ich musste noch zehn lange Wochen bis zum Ende meiner Kündigungszeit warten. Außerdem war Ralfs Zimmer in München zu klein. Und seine Wirtin erlaubte keinen Damenbesuch.
Ich war gelernte Bankkauffrau und würde in München sicher schnell eine Arbeit für mich finden. Für Ralf war das schwieriger. Er war Landvermesser, wollte sich aber eine interessantere Tätigkeit suchen und auf keinen Fall zu seiner früheren Firma zurück.

Die Zeit wollte und wollte nicht vergehen, nachdem Ralf abgereist war. Jetzt merkte ich, wie recht er hatte. Hier oben im Norden war es kalt und unfreundlich. Mir machte es keinen Spaß mehr, nach Dienstschluss am Wasser entlang zu laufen. Ich ging auf dem kürzesten

Weg nach Hause. Dort saß ich dann und starrte auf das Telefon. Aber es klingelte nicht. Ich putzte den Hörer, den ganzen Apparat – zuerst mit dem Staubtuch, dann mit einem feuchten Lappen. Es half nichts, das Gerät blieb stumm.
Sicher findet Ralf nicht so schnell eine Arbeit. Und anrufen mag er von der Wirtin aus auch nicht. Das war klar. Das hatte er mir ganz genau erklärt. Ob er mir böse war? Aber warum? Vielleicht war ihm etwas zugestoßen? Und er konnte mich nicht benachrichtigen. Erschrocken fuhr ich hoch. Hatte es eben geklingelt? War ich etwa eingeschlafen und hatte das Telefon überhört? Stille. Das Telefon stand direkt neben meinem Kopf, der Hörer lag gerade auf der Gabel, die Schnur war nicht verdreht.
Vielleicht die Türklingel? Hatte Ralf ein Telegramm geschickt? Rasch lief ich die Treppen hinunter, nahm gleich zwei Stufen auf einmal. Aber kein Postbote stand vor der Tür. Und im Briefkasten lag keine Nachricht für mich. Nichts. Vier Wochen und drei Tage lang. Nichts!

Dann endlich rief er an. „Hallo Sannchen, da bist du ja!" Seine Stimme klang fröhlich wie immer. „Stell dir vor, ich habe einen Job gefunden."

„Aber..."

„Da staunst du, was? Bin Kurier bei nem Japaner, fahre eine Riesen-Kiste. Keine fünf Wochen mehr und du bist hier, meine Maus."

Er hatte mich also nicht vergessen und zählte die Tage wie ich.

„Warum rufst du erst heute an? Ich habe mich so gesorgt."

„Tut mir leid, ehrlich. War gar nicht so leicht, einen Job und eine Wohnung zu finden."

„Du hast schon eine Wohnung?", jubelte ich. „Wie groß ist sie?"

„Zwei superschöne Zimmer und eine kleine Küche. Wird dir gefallen."

„Schick mir schnell den Grundriss", bat ich.

„Dann mache ich sofort eine Zeichnung und bastle unsere Möbel hinein."

Ich freute mich schon.

„Vielleicht brauchen wir unser altes Zeug gar nicht. Ich komme günstig an eine tolle Schrankwand. Sieht genauso aus wie die im Katalog. Weißt du noch? Die in Birke mit den grünen Türen."

„Aber ja!"

„Ich habe sie schon angezahlt. Sie könnte übermorgen geliefert werden."

„Übermorgen? Das ist ja toll!"

„Ja. Allerdings fehlt mir Bares. Wäre fällig bei Lieferung."

„Wie viel denn?"

„Fünfzehn. Bin völlig blank, Sannchen. Kannst du so viel locker machen? Ich meine, wäre ja für uns. Natürlich nur, wenn du überhaupt noch zu mir ziehen willst."

Und ob ich wollte! Ich hatte ohnehin fast 4000 Mark für Möbel gespart.

„Ralf, ich kann dir sogar mehr schicken als die 1500."

„Wäre toll, Sannchen. Dann könnte ich auch gleich das Bett bestellen. Das Sofa und die Sessel machen wir dann zusammen. Einverstanden?"

Natürlich war ich einverstanden. Ich freute mich riesig.

„Ich überweise dir 3500. Reicht das?"

„Bist ein Schatz, Sannchen. Musst aber heute noch schicken. Postlagernd. Per Express. Postamt Mitte. Dann kann ich morgen nach der Arbeit das Geld holen."

„Geht klar, Ralf, kannst dich auf mich verlassen. Und die Adresse? Ich meine, wo genau wohnen wir?"

„Hofmannstraße 51. Hofmann mit einem Eff. Zweiter Stock. Postleitzahl weiß ich nicht."

„Das finde ich schon raus, Ralf. Ich freue mich so! Ich gehe sofort los. Zur Post meine ich."

„Ich schreib dir", wollte ich noch sagen. Aber Ralf hatte schon aufgelegt.

Natürlich schickte ich sofort das Geld für die Möbel. Und ich schickte ein Paket. Ein Paket mit Sachen, die er hier vergessen hatte: seine zwei Pullover, ein Paar Socken und eine luftgetrocknete Wurst, die er so gern mochte.

Und jetzt steht das Paket vor mir. Und ich weiß nicht, was ich machen soll.

Rückflug in die Sackgasse

„Ich will nicht ins Kinderheim! Ich will bei dir bleiben, Mami!"

„Ich weiß, Stefan. Auch ich möchte bei euch sein. Bei dir und Anja und Vati."

„Wo ist Vati? Warum ist er nicht hier?"

„Er muss noch ein paar Tage in Bulgarien bleiben. Die Soldaten wollen ihn noch was fragen. Auf mich warten in Berlin auch Soldaten."

„Darf ich mit?"

„Nein, mein Schatz, nur Erwachsene dürfen mit."

Stefan schluckte. Immer nur Erwachsene. Dabei war er schon groß, fast ein Schulkind. Er schob die Unterlippe vor und schaute aus dem Flugzeugfenster. Dann drehte er sich wieder um und bestimmte: „Und trotzdem! Ins Kinderheim will ich nicht. Ich hau ab! Nun weißt du´s."

„Und Anja? Was wird aus deiner kleinen Schwester? Lässt du sie einfach allein?"

„Aber Mami!" Stefan trat mit dem Schuh gegen seinen Rucksack. Der kippte und eine Blechbüchse voller Steine schepperte quer über den Gang. „Anja." Stefan schnaufte. „Die ist doch erst vier."

Wie sollte er mit so einem Baby weglaufen? Unmöglich. Die konnte nicht mal richtig rennen, geschweige denn klettern.

Die junge Frau seufzte. Wie sollte sie ihrem sechsjährigen Jungen erklären, dass sein Vater in einem bulgarischen Gefängnis saß und auch sie längst verhaftet war? Dass in Berlin-Schönefeld Leute vom Staatssicherheitsdienst auf sie und ihre Kinder warteten. Wie sollte ein kleines Kind begreifen, dass Republikflucht für einen DDR-Bürger ein schlimmes Verbrechen ist und mit vielen Jahren Gefängnis bestraft wird?
„Stefan." Conny strich ihrem Jungen das verklebte Haar aus der Stirn. „Du bist doch schon groß."
Stefan hielt sich die Ohren zu. Er wusste, was jetzt kam. Er sollte brav sein. Er sollte auf seine kleine Schwester aufpassen. Er sollte den Erwachsenen keinen Kummer machen. Am liebsten hätte er mit beiden Füßen gleichzeitig auf den Boden gestampft. Aber er wagte es nicht. Seine Mutter benahm sich heute seltsam. Sicher war sie noch traurig, weil er der Stewardess den scheußlichen Tee aufs Tablett geschüttet hatte. Sie wollte nicht einmal über seine schmutzigen Hände und die zwei Schnecken in seiner Hosentasche schimpfen.

Nein, er durfte sie keinesfalls ärgern. Sicherheitshalber klemmte er beide Fäuste hinter den Rücken und presste die Augen fest zusammen. Dann kuschelte er sich eng an seine Mutter und schlief augenblicklich ein.

Jetzt konnte sich die junge Frau überhaupt nicht mehr bewegen. Auf ihrem Schoß, gestützt von ihrem linken Arm, lag zusammengekringelt Anja und wurde immer schwerer. Das kleine Mädchen zuckte oft im Schlaf zusammen und nuckelte nervös am Daumen. Die Stewardess forderte die Passagiere auf, sich anzuschnallen. Der Sturm über den rumänischen Karpaten sei stärker geworden, die Bedienung müsse eingestellt werden.
Conny flog nicht gern. Ihr war es unheimlich ohne festen Boden unter den Füßen. Die IL-18 brummte laut und schaukelte. Conny wurde übel. Sie würgte an einem dicken Kloß im Hals, der sich überall im Körper ausbreitete. Krampfhaft versuchte sie, ihre Angst hinunterzuschlucken. Doch die Schreckensbilder der letzten zwei Tage ließen sich nicht verscheuchen.

Bulgarien. Die junge Familie macht hier keinen Urlaub. Sie will in den Westen. Sie will frei sein. Sie erstickten an den vielen Worten und

Sätzen, die sie in der DDR nicht laut sagen durften. Jeder Arbeitskollege, jeder Nachbar konnte ein Verräter sein. Conny hatte nie studieren dürfen, weil ihre Mutter Lehrerin war und der Arbeiter- und Bauernstaat eben Arbeiter- und Bauernkinder bevorzugte. Michael hatte keine Probleme, denn sein Vater war Bauarbeiter und seine Mutter Krankenschwester. Er hatte Abitur und ein abgeschlossenes Elektronikstudium. Aber er arbeitete nicht als Elektroniker. Er wertete technische Fachliteratur aus dem kapitalistischen Ausland aus. Das heißt, er las den ganzen Tag Artikel aus bundesdeutschen und englischen Fachzeitschriften und ordnete diese den verschiedenen Abteilungsleitern zu. So konnten einige internationale Neuentwicklungen in der eigenen Produktion einfach nachgebaut werden. Er durfte darüber mit niemandem sprechen und saß deshalb separiert in einem Extra-Raum. Mit seinem Kollegen Gunter unterhielt er sich nur draußen auf dem Heimweg, damit keiner mithören konnte. Die Telefone im Institut wurden abgehört. Daheim hatten sie keinen Anschluss, so etwas war selbst in Berlin sehr selten.

Die junge Familie teilte sich eine Drei-Raum-Wohnung mit einer alten Frau und einer jungen Stewardess. Die alte Frau Lisske konnte nicht mehr aufstehen. Sie lag den ganzen Tag im Bett und stieß mit ihrem Stock gegen den Holzboden, wenn sie sich langweilte oder etwas brauchte. Sie war fast blind und nicht mehr in der Lage, Tag und Nacht zu unterscheiden. Also klopfte sie manchmal mitten in der Nacht mit ihrem Stock, was auch die Familie unter ihnen wach machte.

Für Ilona, die in Schichten auf dem Flughafen arbeitete, war dies ebenfalls sehr unangenehm. Sie brauchte ihren Schlaf. Und sie brauchte sehr viel Zeit im Bad, um sich zu schminken und die langen Haare zu waschen und zu föhnen. Meist ausgerechnet dann, wenn die kleine Anja dringend zur Toilette musste. Deshalb stand im letzten Zimmer, in dem die vierköpfige Familie wohnte, immer ein Topf für die dringendste Notdurft.

Die Küche nutzte Conny fast allein, da Ilona nie kochte und Frau Lisske am Morgen und am Abend von Conny versorgt wurde. Tagsüber musste sie leider arbeiten. Viel lieber hätte sie sich um ihre Kinder gekümmert. Aber das durfte sie nicht. Die Kinder wurden im Betriebskindergarten erzogen.

Stefan war ein sehr aufgewecktes Kind. Er stellte viele Fragen und wunderte sich, warum die Westautos schöner aussahen und leiser fuhren und nicht so schrecklich stanken wie unsere Trabis. Er wollte sich das große Tor mit den vielen Soldaten am Ende der Bornholmer Straße näher ansehen und verstand nicht, weshalb dies verboten war.

Michael litt sehr darunter, nicht offen mit seinem Kind sprechen zu können und fürchtete sich vor dem Tag, an dem Stefan in die Schule kam. Dort würde die Fremderziehung und Manipulation seines Kindes noch krasser betrieben als jetzt im Kindergarten.

Michael hielt es nicht mehr aus, seine Gedanken nicht äußern zu dürfen, weder mit Freunden noch Kollegen offen reden zu können. Er wurde immer verschlossener und mürrisch. Eines Abends stand es fest: sie wollten frei sein, sie mussten unbedingt und so schnell wie möglich raus aus der DDR. Ein Ausreiseantrag würde zu lange dauern und es war äußerst unwahrscheinlich, dass man eine junge Familie mit zwei Kindern einfach so in den Westen ließ.

Vom anderen Teil Deutschlands wussten Conny und Michael so gut wie gar nichts. Sie hatten weder Verwandte noch sonstige Kontakte dorthin. Sie wollten einfach nur raus. Aber wie?

Nicht einmal ein junger sportlicher Mann hatte eine reelle Chance, lebend die Grenze zu überqueren. Man hörte so viel von Erschießungen und Verhaftungen. Das durfte auf keinen Fall passieren. Es war unmöglich, mit irgendjemandem darüber zu sprechen, sich irgendwelche reellen Informationen zu besorgen. Sie waren ganz auf sich allein gestellt.
Irgendwann glaubten sie, dass man von Bulgarien aus am leichtesten fliehen könnten. Man erzählte sich, dass die Südländer locker und nicht so diensteifrig wären wie die Deutschen. Leider gab es keine Landkarten vom Grenzgebiet zu kaufen. Aber Michael war fest davon überzeugt, irgendeinen Weg zu finden. Schließlich kauften sie Flugtickets nach Sofia und tauschten den erlaubten Betrag Ostmark in Kronen um.
Am schlimmsten war der Abschied von den Eltern und den beiden Schwestern. Denn es war vollkommen klar, dass man sich im Leben niemals wiedersehen würde. Es war ein Abschied für immer.

In Sofia fanden sie nur sehr schwer ein Hotel – überall verlangte man Westmark. Doch woher sollte eine Familie aus Ostdeutschland Westgeld haben?

„Sehr freundlich sind die Bulgaren nicht zu uns. Dabei hielt ich sie für Freunde der DDR." Conny ärgerte sich und schob beim nächsten Hotel Anja vor sich her. Die Kleine strahlte den alten Mann an der Rezeption mit ihren blauen Augen an. Der Mann lächelte zurück und sagte etwas in seiner Sprache, dazu zupfte er an Anjas blonden Locken. Schließlich willigte er ein, der Familie ein Zimmer zu geben, das sie im voraus mit bulgarischem Geld bezahlen konnten.

Frühstück gab es am nächsten Morgen leider nicht. Die kleine Familie ging sehr früh zum Bahnhof und kaufte Fahrkarten nach Kjustendil – einem Ort nahe der bulgarisch-jugoslawischen Grenze. Doch bereits an der übernächsten Station kamen Soldaten und befehligte sie aus dem Zug.
Sie wurden in einen Raum gedrängt, wo die Uniformierten sehr heftig diskutierten. Als schließlich einer heftig mit seinem Arm auf Michael zeigte und laut brüllte, fing Anja an zu weinen. Ein Soldat beugte sich zu ihr herunter und sprach deutsch auf sie ein. Anja klammerte sich an ihre Mutter. Der Soldat wendete sich an den Offizier und redete mit ihm. Dabei zeigte immer wieder auf die Familie und eine zerschlissene Landkarte, die an der Wand hing.

Der Offizier antwortete nichts. Plötzlich drehte er sich um und verließ den Raum – dabei winkte er mit dem Arm ab.

Der junge Soldat kam lachend zurück und erklärte, er habe seinem Vorgesetzten gesagt, dass das Paar aus Berlin sei und ein nahes Kloster besuchen wollte. Das habe er schließlich geglaubt, da die Familie kein Gepäck dabei habe. Er zeigte auf Michaels Rucksack. Dann sagte er, dass er in Leipzig studiert habe und deshalb so gut deutsch spricht. Zum Glück hatten sie Rückfahrkarten, was schließlich den Ausschlag gegeben habe, sie ziehen zu lassen. Er wünschte eine gute Heimfahrt und bat sie, vorsichtiger zu sein.

An der nächsten Station zurück Richtung Sofia stiegen sie aus und liefen nach Süden. Damit Anjas blondes Haar nicht so auffiel, versteckten sie es unter einem Hütchen mit breiter Krempe. Die Gegend war nur dünn besiedelt. Sie bogen in den nächstbesten Feldweg ab und liefen lange durch eine große Obstplantage. Endlich wagten sie, ihre Jacken ins Gras zu legen und sich ein wenig auszuruhen. Jeder bekam einen Schluck Wasser. Nun war auch die zweite Flasche leer. Conny holte das Fladenbrot aus der Tasche, das sie am Bahnhof kaufte konnte. Weitere Vorräte hatten sie nicht.

Es war drückend heiß. Lange konnten sie hier nicht sitzen, sie mussten weiter. In der Ferne sahen sie einen Wald, wo sie sich verstecken wollten. Aber es gab keinen Weg, nur Gestrüpp mit kratzenden Dornen und kein Durchkommen. Sie liefen am Waldrand einen kleinen Hang hinunter und entdeckten in der Senke einen Fluss. Michael breitete seine Arme aus, um seine Familie zurückzuhalten und durchforstete mit seinen Augen die Umgebung. Doch es war weit und breit kein Mensch zu sehen. Also liefen sie eilig zum Wasser, breiteten ihre verschwitzte Kleidung am Ufer aus und kühlten ihre zerkratzte Haut im herrlich kühlen Nass.

Lange konnten sie nicht bleiben, sie mussten weiter. Conny füllt schnell die vier Wasserflaschen auf und packt sie in den Rucksack.
Inzwischen waren sie seit zehn Stunden unterwegs. Anja hing bleischwer in den Armen ihres Vaters, der sich vor Erschöpfung kaum noch auf den Beinen halten konnte. Benommen setzte der kleine Stefan einen Fuß vor den anderen. Conny schleppte die vier Jacken und zwei leere Wasserflaschen. Mehr hatten sie nicht bei sich. Nur eine Menge Geld, bulgarisches Geld, nutzloses Geld, für das sie im Bruderland weder ein ordentliches Hotelzimmer noch ein Mietauto bekamen. Die

bulgarischen Freunde wollten Dollars, Westmark, harte Währung.

Es wurde dunkel, doch von der Grenze zu Jugoslawien war nach wie vor nichts zu sehen. Sie entdeckten schließlich einen großen Heuhaufen mitten auf einer Wiese und fielen erschöpft hinein. Michael fieberte und stöhnte. Anja weinte im Schlaf. Am nächsten Morgen war Anjas Gesicht stark geschwollen und ihr kleiner Körper von unzähligen Mückenstichen übersät. Conny goss den Rest Wasser auf ihren Pulli und drückte ihn auf Anjas Gesicht. Das Mädchen war so geschwächt, das es kaum hörbar wimmerte.
Sie hörten einen Traktor in der Ferne und beeilten sich, wegzukommen, um nicht entdeckt zu werden.
Endlich sahen sie einen gerodeten Waldstreifen, in der Mitte Stacheldraht. Das konnte nur die Grenze zu Jugoslawien sein. Michael bog vorsichtig den Draht auseinander, um nichts zu beschädigen. Behutsam schob er die Kinder durch die Lücke im Zaun und half Conny hindurch. Zum Schluss zwängte er sich mühsam auf die andere Seite. Sie rannten so schnell sie konnten zum Waldrand und glaubten, die Grenze überwunden zu haben.

Doch plötzlich fiel ein Schuss! Noch einer. Sie warfen sich auf den Boden. Michael schützte Anja mit seinem Körper. Große Hunde umkreisen die vier Menschen am Boden, die kaum zu atmen wagten. Conny fühlte einen Gewehrkolben im Nacken. Ein derber Griff zerrte sie am linken Arm auf die Beine, sie bekam einen Stoß in den Rücken und sollte offenbar vorwärts gehen. Links und rechts hielt sie jeweils eines der Kinderhände. Aus den Augenwinkeln sah sie, wie zwei Soldaten Michael mit Stricken fesselten und immer wieder mit ihren Stiefeln nach ihm traten.

Wo wird er jetzt sein. Was machen sie mit ihm? Was wird aus den Kindern? Sie hätten niemals die Flucht gewagt, wenn sie eine Vorstellung davon gehabt hätten, wie schwierig, wie unmöglich das ist. Sie wussten nicht, dass an der bulgarisch-jugoslawischen Grenze geschossen wird. Conny zittert bei dem Gedanken daran, was alles hätte passieren können. Sie wollten ihre Kinder schützen und keinesfalls in Gefahr bringen. Was passiert jetzt mit ihnen? Werden sie zwangsadoptiert?
Verzweifelt schaut Conny auf ihre Kinder. Stefan lächelt im Schlaf. Der kleine Wildfang wird sich durchbeißen. Er ist knochig und breitschultrig wie sein Vater, hat die gleichen

braungrünen Augen, die vollen Lippen und die schwarze Zottelmähne. Sein Leben ist ein Spiel, Abenteuer. Um Anja sorgt sich die junge Mutter mehr. Das verwöhnte kleine Mädchen dirigiert ihre kleine Welt mit einem scheuen Blick aus hellblauen Kulleraugen. Sie mochte den Kindergarten nicht und hat täglich auf dem Weg dahin still vor sich hin geweint.

Das Flugzeug landet, rollt aus. Conny muss die Kinder wecken. Stefan ruft: „Mami, da ist schon die Polizei!"
„Nicht so laut, mein Schatz. Die gehören nur zum Flughafen."
Neben der Tür zur Empfangshalle stehen unauffällige Herren in grauen Anzügen. Conny entdeckt sie sofort.
„Frau Köhler?" Sie nickt.
„Kommen Sie bitte hier entlang."

Disput um Mitternacht

„Wieso kommst du schon ins Bett? Ist noch nicht mal Mitternacht."

Elke lächelte, doch nur mit dem Mund. Ihre Augen blitzten wütend. Seit fast zwei Stunden lag sie im Bett und wartete auf ihren Mann. Anfangs vertrieb sie sich die Zeit mit Lesen. Aber als der Romanheld seine Christa endlich in den Armen hielt, warf sie das Buch schwungvoll in die Ecke. Blöde Geschichte. Im wahren Leben sind die Kerle Langweiler, während ihre Frauen ewig oder noch länger auf einen Kuss warten. Auch Elke wartete. Aber ihr Mann hockte wie immer bis weit nach Mitternacht vor dem Fernseher, statt sie zu umarmen. Sie schnaufte wütend, als sich Jürgen vorsichtig unter ihr Nachthemd tastete. Grob stieß sie ihn beiseite und vergrub ihr Gesicht im Kopfkissen.

„Was hast du, Liebes?"

„Nichts." Wenn Elke „nichts" sagte, war sie stocksauer.

„Du, der Film war wirklich spannend."

„Ich weiß." Elke setzte sich auf und fauchte: „Alles ist spannend. Alles ist wichtig. Nur ich nicht."

„Sei nicht albern, Schatz!"

„Schatz, Schatz", äffte Elke. „Wenn ich das schon höre!"

Jürgen lachte. „Du bist nun mal mein Schatz."

„Aber erst nach Sendeschluss. Vorher stehe ich nicht auf deinem Programm."

Beleidigt schwieg Elke. Wütend wischte sie die Tränen weg und schnaubte geräuschvoll in ihr Taschentuch. Jürgen wusste, so schnell gab sie jetzt keine Ruhe. Seufzend steckte er sich eine Zigarette an.

Elke giftete: „Musst du unbedingt die Luft verpesten? Den ganzen Tag stinkt es. Überall." Ihre Stimme wurde immer lauter. „Hier drinnen nach deinem Qualm und draußen nach Mist und Stall. Ich halte das nicht mehr aus."

„Ich wusste es." Jürgen seufzte resigniert.

Elke schimpfte weiter: „Was weißt du? Gar nichts weißt du! Weil dir alles egal ist."

„Jetzt übertreibst du aber. Was fehlt dir eigentlich?"

„Das Leben. Hier passiert nichts, überhaupt nichts. Jeden Tag das gleiche Einerlei, die gleichen Bauernweiber in ihren Kittelschürzen. Ich sterbe vor Langeweile."

„Du bist zu bedauern."

Jürgen schnippte die Asche vom Bett und versuchte, sich seinen Ärger nicht anmerken zu lassen. Er hatte es satt, täglich seine Frau aufzumuntern. Dabei war sie es, die unbedingt im Grünen wohnen wollte – wegen der Kinder.

Seit drei Wochen lebten sie in Limbach. Sie hatten am Dorfrand eine wunderschöne große Wohnung gefunden. Jedes der drei Kinder hatte ein eigenes Zimmer. In der Küche war Platz für eine gemütliche Eckbank, trotzdem hatten sie ein Extra-Esszimmer mit einem großen runden Holztisch und sechs Stühlen. Ganz zu schweigen von der herrlich hellen Stube mit Fenstern in drei Himmelsrichtungen. Sie brauchten nicht mal bei trübem Wetter das Licht anzuschalten, so hell war es im Raum. Elke hatte keinen Grund, sich zu beklagen. Trotzdem jammerte sie jeden Tag, ihr sei langweilig und sie sehne sich nach ihrem Leben in Frankfurt zurück.

Jürgen stand auf und lief im Zimmer hin und her. „Dann fahr doch in die Stadt! Besuche deine Freundinnen, geh einkaufen – was weiß ich."

„Toll! Ausgang von neun bis elf und die Fahrt von 30 Kilometern nicht zu vergessen."

„Na und? Ich muss diese Strecke täglich fahren. Und das im Berufsverkehr. Beklage ich mich etwa?"

„Du hast immerhin nicht die Kleine im Schlepptau. Und du musst auch nicht pünktlich zurück am Kochtopf sein, bevor die zwei

Großen aus der Schule kommen. Du kommst irgendwann am Abend und setzt dich an den gedeckten Tisch."

Jürgen hörte nicht mehr zu. Er wusste, dass er seine Frau jetzt nicht beruhigen konnte. Trotzdem versuchte er, die Vorteile ihrer neuen Umgebung aufzuzählen.
„Denke doch an die Kinder, Schatz. Hier können sie nach Herzenslust toben, Rad fahren. Wir brauchen uns keine Sorgen zu machen."
„Natürlich nicht. Die Kinder könnten mit geschlossenen Augen quer über die Dorfstraße laufen – in diese gottverlassene Gegend verirrt sich kein einziges Auto. Wir müssen uns Sorgen machen, weil die Kinder hier verblöden."
Darauf ging Jürgen nicht ein. Ruhig sprach er weiter: „Alle drei sind viel friedlicher geworden. Diese herrliche Ruhe ringsum, einfach erholsam."
„Ruhe?" Elke warf ihr Kopfkissen gegen die Tür. „Ich hasse diese grauenhafte Stille. Jedes einzelne Auto schreckt mich auf. Und nachts hört man gar nichts mehr. Ich bin wie lebendig begraben."
„Und morgens das Vogelzwitschern..."
„... geht mir auf die Nerven."

Jürgen blieb stehen. Er bückte sich nach seinem Pantoffel, hob ihn langsam über den Kopf und schlug ihn gegen die Wand. „Getroffen!"

Angeekelt drehte sich Elke zur Seite. „Blödes Viehzeug! Überall Fliegen und Mücken und was weiß ich nicht alles. Ich bin ganz zerstochen." Elke wischte sich über Arme und Beine. Dann fiel ihr noch etwas ein: „Und die Hunde laufen frei durchs Dorf. Ganz ohne Leine."

„Na und?", blaffte Jürgen ungehalten. „Dafür liegen hier keine Hundehaufen wie in der Stadt. Das hast du wohl vergessen, was? Musst mal sehen, wie ich morgens vom Auto zum Büro um all die Häufchen balanciere." Er breitete die Arme aus und tat, als müsse er ausweichen. Dann sprang er zur Seite und verzog seinen Mund, als sei er in was Abscheuliches getreten. Elke lachte.

„Weißt du noch, als wir im letzten Sommer mit den Kindern durch den Frankfurter Palmengarten bummelten?"

„Aber ja! Bettina musste plötzlich dringend pullern. Sie hüpfte von einem Bein auf das andere und war schon nahe daran, ihre Hose nass zu machen. In ihrer Not hockte sie sich schnell an den Rand."

„Da kam so eine dicke Frau und schimpfte los, diese Schweinerei gehöre angezeigt."
Elke kicherte. „Du hast einfach die Kleine auf den Arm genommen und ganz laut gesagt, dass die dicke Tante verärgert ist, weil Bettina nicht so einen schönen großen Haufen mitten auf den Weg gemacht hat wie der Hund vorhin."
„Wir haben noch lange über die verdutzten Gesichter ringsum gelacht."

Elke lachte immer noch, als Jürgen endlich im Bett lag und das Licht löschte. Sie kuschelte sich eng an ihren Mann und versprach: „Ich werde mich nicht mehr beklagen."
„Wie lange? Zwei Tage? Oder gar drei?"
Elke lachte wieder.
„Sagen wir, bis Bettina mit der Grundschule fertig ist."
Zufrieden schlief sie ein, während Jürgen nachrechnete – denn Bettina war gerade mal vier Jahre alt.

Das Geburtstagsgeschenk

Wolfgang kippte den Korn in einem Zug hinunter. Mürrisch bestellte er: „Nachfüllen!"
„Sachte, sachte, Mann."
„Siehstu nich, dass mein Glas völlich leer is?"
„Mann, hast doch genug für heute."
„Hab ich nich. Du weißt ja gar nich, weshalb ich mich volllaufen lasse. Ich muss meinen Geburtstag begießen. Un swar ..."
„Ja ja, deinen 30. Das lallst du schon den ganzen Abend. Mach´s halblang, Alter. Lache dir ne flotte Biene an und genieße mit ihr den Abend."
„Halts Maul! Un bring Nachschub, aber fix!"
Verblüfft angelte Sepp nach der vollen Flasche.
„Na na, Alter. Bist doch sonst nicht so grantig."
„Hau ab!"

Biene! Den ganzen Abend schon versuchte Wolfgang, dieses wunderschöne Bienen-Wort im Korn zu ertränken. Biene. Bienchen. Bini – seine Sabine.
Sie hatten seit eineinhalb Jahren eine gemütliche kleine Dachwohnung hier in der Innenstadt, keine fünf Fußminuten entfernt. Aber er hatte keine Lust, nach Hause zu gehen.

Ohne Sabine war es langweilig daheim, kalt und öde. Seit endlosen 19 Tagen und Nächten war er allein. Allein seit jenem Abend, an dem er mal wieder zu spät nach Hause kam. Er freute sich darauf, dass ihm Sabine wie immer strahlend entgegenlief. Nach dem Begrüßungskuss schimpfte sie immer sofort los. Er fand es reizend, wie sie ihre Stirn in Falten legte, die langen blonden Haare trotzig zurückwarf und fauchte: „Wo warst du wieder so lange?"
Meist nahm er sie dann einfach in den Arm und schaute ihr ins Gesicht. Sabine war ihm nie wirklich böse, sie lachte bald wieder.

Doch an diesem Abend war alles anders. Sabine kam ihm nicht entgegen gelaufen. Er fand sie weder in der Stube noch in der Küche. Auf dem Tisch lag ein Zettel: „Na, endlich daheim? Ich mag nicht mehr jeden Abend allein sein und auf Dich warten. Ich ziehe erst einmal zu Gabi. Sabine"
Sabine. Kein Hasi, kein Bienchen, keine lustigen Strich-Gesichter, die sie ihm sonst immer auf die kleinen Liebesbriefe kritzelte. Aber das war kein Liebesbrief. Sabine hatte ihn verlassen.
Verlassen? So ein Unsinn. Wegen einer Stunde Verspätung so ein Theater. Die ist übergeschnappt. Jeden Tag das Generve, dass er

zu spät kommt. Er ließ sich nicht erpressen. So eine Zicke! Mit ihm konnte sie das nicht machen. Sicher hockt sie nur nebenan bei Petra und lästert mit ihr über die Männer. Das tun die Weiber doch immer. Die kommt schneller zurück als ihm lieb ist. Die soll sich bloß nicht einbilden, dass ihn das kratzt.

Gefasst nahm sich Wolfgang ein Bier aus dem Kühlschrank und trank gleich aus der Flasche. Das konnte sie nicht leiden. Auch so ein Grund zum Gackern. Nicht mal was zu essen hatte sie vorbereitet. Gereizt durchsuchte Wolfgang seine Taschen. Wo steckten nur die Zigaretten? Schließlich fand er sie in der linken Brusttasche, wo sie immer waren. Rauchend starrte er aus dem Fenster. Draußen war es dunkel. Es gab nichts zu sehen.

Wo sie nur bleibt? Müsste längst zurück sein. Missmutig schnippte er den Stummel raus auf die Straße und schloss das Fenster.

Gut so, nun hatte er die Fernbedienung ganz für sich und konnte nach Herzenslust durchschalten. Drei Mal hintereinander. Ohne Gemecker. Katastrophen-Meldungen, ein uralter Schwarz-Weiß-Krimi, amerikanische Serien, Talk-Shows. Nur Mist. 23 Mistsender.

Wolfgang trottete ins Bad. Es roch irgendwie anders – wie nach … wie nach überhaupt nichts. Wo waren all ihre Döschen und Tuben,

die sonst überall herumstanden? Er stürzte ins Schlafzimmer und riss ihren Kleiderschrank auf. Leer!
Hastig blätterte er im Adressbuch. Gabi, Gabi – wie hieß die doch gleich? Wolfgang suchte auf jeder Seite. Endlich! Hoock, Gabi – da steht die Nummer. Er griff zum Hörer und wählte. Langsam legte er wieder auf. Was sollte er sagen? Sie anbetteln? Nachlaufen? Darauf konnte sie lange warten.
Wütend ließ er sich aufs Bett fallen. Gleich mit Schuhen. Das konnte sie auch nicht leiden.

Überhaupt – Sabine meckerte viel zu viel. Sie wollte morgens schon wissen, wann genau er am Abend daheim eintreffen würde. Woher sollte er das wissen? Er wusste, dass sich Sabine mit dem Abendessen immer viel Mühe gab. Aber warum musste sie aus der Kocherei so ein Problem machen? Er fand es nicht tragisch, wenn die Spaghetti etwas pappig oder die Kartoffeln zerfallen waren. Kam schließlich alles in den gleichen Bauch. Außerdem kam Sabine früher aus dem Büro zurück als er und musste sich irgendwie die Zeit vertreiben. Meist rief er an, wenn er auf der Heimfahrt war. Aber immer dachte er nicht daran.

Im vorigen Monat kam er allerdings sehr spät nach Hause und Sabine stand aufgeregt in der Tür.

„Was ist denn passiert? Ist alles in Ordnung?"

„Klar."

„Und warum kommst du so spät? Ist schon nach Mitternacht."

„Na und? Ich wusste doch nicht, dass du noch wach bist."

„Meinst du, ich gehe einfach so ins Bett und schlafe seelenruhig ein, wenn du nicht da bist?"

„Warum nicht?" Wolfgang holte sich ein Bier aus dem Kühlschrank und schaltete den Fernseher an.

Sabine stemmte die Hände in die Hüften und schrie fassungslos: „Ich komme um vor Sorge und du setzt dich gemütlich in deinen Sessel."

„Was willst du hören?" Er zappte sich durch die Programme.

„Wo du warst zum Beispiel."

Die klassische Antwort *Überstunden* funktionierte bei Sabine nicht Sie wusste, dass sich Wolfgang als Außendienstler seine Zeit frei einteilen konnte. Aber irgendetwas musste er sagen und zwar schnell. „Habe die Wimmer heimgefahren."

„Die Wimmer?"

„Na, meine Sekretärin."

„Und warum?"

„Ihr Auto wollte nicht."
„Ach. Und da wolltest du?"
Auf diesen Unsinn antwortete Wolfgang nicht. Er kannte die Leier schon. Sabine ging ihm mit ihrer Eifersucht auf die Nerven.
„Kann deine feine Sekretärin nicht den Bus nehmen? Oder ein Taxi?"
„Sei nicht albern. Ich fahre Firmenwagen und bis zu ihr in den Taunus sind es 90 km. Das dauert."
„Kann ich mir lebhaft vorstellen", giftete Sabine.
„Nichts kannst du dir vorstellen. Ich habe ihr geholfen. Das ist alles."
„Kein Wort glaube ich dir!"
„Dann lässt du es eben bleiben. Ich gehe jetzt ins Bett. Spät genug dafür ist es immerhin."
Seit diesem Streit beeilte sich Wolfgang nicht mehr, nach der Arbeit schnell nach Hause zu kommen. Ganz im Gegenteil. Er setzte sich in Sepps Kneipe und trank in Ruhe ein oder zwei Bier. Er ließ sich nicht vorschreiben, wann er brav daheim sein sollte.

Irgendwann fiel ihm auf, wie kalt und still es im Zimmer war. Das riesige Bett ödete ihn an. Er brauchte plötzlich Luft, viel frische Luft. Ziellos trottete er durch die Altstadt. Er wollte nicht nachdenken. Wütend schnippte er mit der Schuhspitze die Zigarettenkippen vom Fußweg.

„Hallo! Keine Lust zum Reinkommen?"

Wolfgang schaute hoch. Über ihm blinkte es blau „tam … tam". Ach ja, die neue Disco. Genau das Richtige, um trübe Gedanken zu vertreiben. Der Türsteher stempelte Wolfgang einen blauen Schmetterling auf den Handrücken und winkte ihm, hineinzugehen.

„Brauchst nicht zahlen, die Weiber sind in der Überzahl."

„Ist es bei euch immer so lahm?"

„Nee, nur montags."

Wolfgang schlenderte zur Bar und lehnte sich gegen die Theke. Auf der Tanzfläche drehte sich ein einziges Mädchen. Es hatte den ganzen Platz für sich, bewegte sich aber nur auf einer Kachel, die von einem blauen Lichtkegel angeleuchtet wurde. Sie kreiste ihren Oberkörper, hielt die Augen geschlossen und bewegte nur Schultern und Arme, während ihre Füße wie auf der Lichtkachel festgesteckt stillhielten. Belustigt schaute Wolfgang zu. Ab und zu schüttelte sie ihren Kopf nach hinten, so dass ihre langen blonden Haare zurückfielen. Genau wie bei Sabine.

Hastig schaute er weg und taxierte die wenigen Mädchen an den Tischen. Erstaunt bemerkte er, dass ihn alle anstarrten. Sein rot-weiß gestreiftes Hemd flackerte gespenstisch in der Discobeleuchtung, die hellblauen Jeans

leuchteten grellweiß. Seine dunklen Haare bildeten einen reizvollen Kontrast.
Sabines Schwärmerei von seinem südländischen Aussehen hielt Wolfgang für übertrieben.
Sie neckte ihn gern: „Am liebsten möchte ich dich in eine Schachtel stecken und mit ins Büro nehmen. Dann bist du immer bei mir und kein anderes Mädchen kann dich mir wegnehmen."
Als ob er ein Gegenstand wäre. Und jetzt? War ihr wohl ganz egal, dass er jeden Abend eine Andere abschleppen konnte.

Während der ersten Woche durchkämmte Wolfgang alle Bars und Diskotheken der Stadt und versuchte, sich frei zu fühlen. Dann gab er auf und wartete zu Hause auf den versprochenen Anruf. Doch Sabine meldete sich nicht. Nicht einmal heute an seinem 30. Geburtstag. Sie hatte ihn vergessen. Wütend warf er das Telefon in die Ecke, die Tür ins Schloss und setzte sich zu Sepp in die Eckkneipe.
„Noch n Korn!"
Sepp hörte nicht, er telefonierte. Dann grinste er: „Geht klar, mach ich."
Er drehte sich zu Wolfgang um. „Geh endlich heim!"
„Wozu?"

„Hast doch Geburtstag. Vielleicht fehlt noch ein Geschenk."

„Genau. Schenk nach!"

„Nee, mein Lieber. Jetzt ziehst du Leine!"

Wolfgang ließ sich aus der Tür schieben und trottete die Straße entlang. Er stieß die Haustür auf und stieg hinauf in den zweiten Stock. An der Wohnungstür blieb er stehen. Er hatte keine Lust, in seine leere und kalte Wohnung zu gehen. Aber was sollte er machen? Der Schlüssel klemmte. Mist! Endlich ließ sich die Tür öffnen. Wolfgang trat in den Flur und warf seine Jacke vor die Garderobe. Die Schuhe schnippte er vom Fuß – einer flog gegen die Wand und einer gegen die Schlafstubentür, die sich dabei öffnete. Wolfgang stutzte. Hatte er die Lampe brennen lassen? Das Licht flackerte.

„Feuer!", dachte Wolfgang erschrocken und war im gleichen Moment nüchtern. Er stürzte ins Zimmer. Im Raum verteilt standen viele brennende Kerzen. Auf dem Bett lag Sabine. Seine Sabine. Sie hatte ein kurzes rotes Hemdchen an, das mehr von ihrem Körper zeigte als es verdeckte.

Bini lachte ihn an und zog dabei langsam die Schleife auf, die um ihre Taille gebunden war.

„Na? - willst du dein Geburtstagsgeschenk nicht auspacken?"

Denkanstoß

Feddersen lebte ein ausgesprochen wohlgeordnetes Leben. Er stand jeden Morgen um die gleiche Zeit auf, kam um die gleiche Zeit ins Büro und ging um die gleiche Zeit schlafen.
So auch an einem Donnerstag im November. Pünktlich um 16:15 Uhr sperrte er seinen Schreibtisch zu und verließ genau zwei Minuten später das Gebäude. Und genau wie jeden Tag lief er an der Fußgängerampel über die Straße, um in den 72er Bus nach Brünheide zu steigen. An einem Kiosk neben der Bushaltestelle pflegte er die Abendzeitung zu kaufen. Während er einen Gruß murmelte, tauschte er das abgezählte Kleingeld gegen die bereitliegende Zeitung.

Doch heute lag keine Zeitung auf den Auslagen wie sonst.
„Aha, wieder mal Streik."
„Was haben Sie denn gegen Streik?", hörte er eine nette weibliche Stimme fragen. Überrascht schaute Feddersen auf und blickte in große rehbraune Augen, die sich wer weiß worüber freuten.
„Na, nun wissen Sie wohl keine Antwort, Sie?"

„Nein, nein – ich wollte nur meine Zeitung. Wissen Sie, die liegt sonst immer hier." Feddersen wies auf die Stelle. „Aber heute..." Er wusste nicht weiter und kam sich mit seinen 35 Jahren wie ein Schuljunge vor, wie er stotternd von einem Bein aufs andere trat.

„Vielleicht sagen Sie erst einmal, welche Zeitung Sie überhaupt wollen", schlug das junge Mädchen vor und lachte.

Dabei fielen lange braune Locken über ihre Schultern und kräuselten sich um den Hals. Feddersen schluckte und blickte schnell runter auf seine Schuhspitzen. Hinter seinem Rücken hörte er den 72er halten und wieder abfahren. Seit dreizehn Jahren zum ersten Mal ohne ihn.

„Das war mein Bus, wissen Sie, der 72er."

„Na und?" Das Mädchen zuckte mit der Schulter. „Warum sind Sie nicht hingelaufen? Ich habe gesehen, wie der Busfahrer herschaute. Vielleicht hat er auf Sie gewartet."

Feddersen räusperte sich, aber er sagte nichts. Was sollte er auch sagen?

„Wann kommt denn der nächste?"

Feddersen fuhr zusammen und schaute kurz nach oben, dicht am Kopf des Mädchens vorbei.

„Was meinen Sie?"

„Den Bus. Wann der nächste Bus kommt."

„Ich weiß nicht. Ich meine, ich bin sonst immer mit dem hier ..."

Feddersen starrte wieder auf seine Schuhe, als ob er darauf lesen könnte, was er jetzt machen sollte.

„Junger Mann, würden Sie mal zur Seite treten?" Eine resolute Stimme verschaffte sich energisch Platz am Kiosk. Feddersen war froh, dass er sich davonstehlen konnte, ohne noch etwas sagen zu müssen.

Angestrengt studierte er den Fahrplan, aber er nahm die vielen Zahlen und Buchstaben nicht wirklich wahr. Seine Gedanken kreisten um rehbraune, spitzbübisch lachende Augen und vorwitzige Locken, die sich um einen mageren Hals kringelten.

Zu dumm, warum bin ich nur weggelaufen? Was sie jetzt von mir denken muss! Ach was, sie hat mich längst vergessen. Der Bus kam, Feddersen stieg ein.

„He! Bis morgen!"

Unwillkürlich drehte er sich um und schaute zurück. Er sah, wie sich das Mädchen weit aus dem Kioskfenster herauslehnte und ihm lachend mit einer Zeitung in der Hand zuwinkte. Seiner Zeitung! Feddersen stieg das Blut ins Gesicht. Er schwitzte.

Normalerweise kümmerte sich Feddersen nach einem einfachen Nachtessen, meist zwei Scheiben Wurstbrot, um seinen kleinen Haushalt. Er spülte den einen benutzten Teller und das Wasserglas und stellte es zurück in den Schrank, ordnete die Wäsche für den nächsten Tag und putzte den wenigen Schmutz weg, den nur er selbst wahrnahm.

Heute schienen ihm seine Pflichten nicht notwendig. Ruhelos lief er zwischen den Zimmern hin und her. Schließlich legte er sich ins Bett. Aber auch dort fand er keine Ruhe. Verwirrt knipste er sein Nachtlicht an, um es gleich darauf wieder zu löschen. In seinem Kopf schallte es: „He, bis morgen! Bis morgen...."

Am nächsten Morgen schlief Feddersen lange, viel zu lange. Er würde zum ersten Mal zu spät ins Büro kommen. Zum Frühstücken blieb keine Zeit. Rasch warf er sich die Wäsche und das herumliegende Hemd von gestern über und schlüpfte in seine Hose.

Was würden seine Kollegen sagen? Oh Gott, der Bericht! Der Chef wollte ihn pünktlich um 9:30 Uhr auf seinem Schreibtisch haben. Kopflos griff er nach seiner Aktenmappe und lief auf die Straße. Ohne Frühstücksbrote, ohne

die Flasche Milch, die jetzt den ganzen Tag draußen vor seiner Wohnungstür stand.
Erst im Bus, als er seine Kleidung notdürftig in Ordnung gebracht hatte und all die Zeitung lesenden Leute wahrnahm, erinnerte er sich an das lustige Mädchen vom Kiosk. Ob sie wohl heute wieder Zeitungen verkauft? Aber ja! Sie hatte *bis morgen* gerufen. Vielleicht sollte er Blumen mitbringen? Oder etwas zu naschen? Nein – sie würde ihn auslachen.
„Rot-Kreuz-Platz! Nächster Halt..."
Feddersen beeilte sich. Fast hätte er vergessen, an seiner Haltestelle auszusteigen.

Die Arbeit ging ihm nicht recht von der Hand. Ständig ertappte er sich dabei, dass er statt Tabellen aufzulisten. überlegte, in welches Gespräch er das unbekannte Mädchen verwickeln könnte.
Schon kurz nach dem Mittagessen schaute er immer wieder auf die Uhr, nur um festzustellen, dass nur wenige Minuten vergangen waren.
Endlich stand Feddersen an der Ampel. Rot! Soll ich trotzdem? Nein, das wirkt lächerlich. Feddersen zwang sich, in den Kastanienbaum zu schauen, der einen weiten Schatten über den kleinen Kiosk warf. Aber aus den Augenwinkeln hatte er längst bemerkt: sie war da! Er bemühte sich um ein gleichmütiges

Gesicht und legte das Kleingeld auf den Glasteller.

„Kostet nichts."

Überrascht schaute er direkt in die braunen Augen und hatte all die Worte und Sätze vergessen, der er sich mühsam zurechtgelegt hatte.

„Wieso?"

Er merkte, dass sein Mund noch immer dümmlich offen stand. Schnell schloss er ihn und fuhr sich mit der Zunge unauffällig über die Lippen.

Das Mädchen lachte: „Sie haben schon gestern bezahlt. Die Zeitung ließen Sie allerdings liegen. Wissen Sie nicht mehr?"

„Doch, doch", stammelte er verlegen. „Macht nichts."

Geräuschvoll atmete er aus und überlegte, ob er das Kleingeld einfach liegen lassen oder zusammensammeln sollte.

„Ich bin die Heike und helfe meinem Opa. Der kann nicht laufen, hat sich den Fuß verknackst. Deshalb sitze ich den ganzen Tag hier herum und lese. Meist Comics." Sie wedelte mit einem bunten Heft. „Ist lustiger als in den Vorlesungen."

„Ah! Sie studieren", ergriff Feddersen erfreut den Faden. „Was denn?"

„Philosophie. Im dritten Semester. Und Sie?"

„Ich? Ich studiere nicht."
„Das dachte ich mir." Heikes Augen blitzten spitzbübisch. „Aber einen Namen werden Sie doch haben."
„Ja, ja – ich bin Feddersen."
Heike kicherte.
„Hans-Georg Feddersen. Ich arbeite da drüben, in dem Bürohaus."
Er drehte den Kopf, um auf das Haus zu deuten, und sah gerade noch, wie der 72er abfuhr. Der Busfahrer grinste.
„Seit 13 Jahren arbeite ich da."
„Und? Macht die Arbeit Spaß?"
„Spaß? Wieso Spaß? Ich weiß nicht. Ich meine, darüber habe ich noch nie nachgedacht."
Heike lachte. „So sehen Sie auch aus."
Feddersen lief puterrot an. Ihm war es peinlich, hier herumzustehen und sich von dem Mädchen so frech auslachen zu lassen. Noch peinlicher war ihm, dass er keine Antwort wusste. Und am allerschlimmsten war, dass ihm dieses Gespräch trotzdem gefiel und er sich nicht traute, ihr etwas Nettes zu sagen. Überhaupt irgend etwas zu sagen.
Heike lachte noch immer. Plötzlich schlug sie mit der flachen Hand auf den Zeitungsstapel vor ihr und verkündete: „Wissen Sie was? Ich werde Ihnen helfen. Beim Nachdenken meine ich."

Damit ließ sie die Rollläden herunter, verschloss die Kiosktür, hängte sich kichernd an Feddersens Arm und zog ihn mit sich fort.

Der Irrtum

Herr Mühlhofer war der Fahrer unseres Schulbusses. Er fuhr sehr sicher und hatte noch nie einen Unfall gehabt. Er war pünktlich auf die Minute und noch keinen einzigen Tag krank. Die Schulleitung schlug daher vor, seine Zuverlässigkeit mit einer Prämie zu belohnen. Darüber wollten wir am Nachmittag gemeinsam mit dem Elternbeirat abstimmen.
Bis dahin blieben mir noch zwei Stunden Zeit, in denen ich in Ruhe Mittag essen und einige Schulhefte korrigieren konnte.
Rasch verließ ich das Schulgebäude und lief über den Hof zum Lehrerparkplatz. Ich ärgerte mich über die vielen Papierschnipsel, die überall herumflogen. Sogar einen Federball hatten die Kinder vergessen.
Da bemerkte ich ein kleines Mädchen, das mit angezogenen Beinen an der Mauer lehnte und den Kopf zwischen den Armen verbarg.
„Bist du nicht die Manuela aus der 1a?"
Die Kleine nickte, ohne mich anzusehen.
„Was tust du hier? Der Schulbus ist längst abgefahren."

„Schulbus." Verächtlich schniefte das Mädchen durch die Nase. „Nie wieder fahre ich Schulbus. Nie wieder!"
Trotzig schaute Manuela mich an. Ich sah, dass sie geweint hatte. Das kleine Gesicht war von nassem Schmutz ganz verschmiert.
Freundlich sagte ich: „Aber Mädchen, das geht doch nicht. Schau, du wohnst in Himbach. So weit kannst du nicht laufen, noch dazu mit der schweren Schultasche auf dem Rücken. Außerdem, was wird Deine Mama dazu sagen? Sie sorgt sich bestimmt und weiß nicht, wo du steckst."
„Trotzdem! Den Bus will ich nicht." Mit einem Ruck drehte mir die Kleine den Rücken zu und scharrte mit den Schuhspitzen Steine beiseite. Leise fügte sie hinzu: „Ich steige nur in den Bus, wenn der Harald fährt."

Harald Schmidt war der zweite Fahrer. Er tauschte jede Woche mit Kurt Mühlhofer die Touren und war nicht beliebt bei uns Lehrern. Vor seinem Bus drängte sich immer eine wild kreischende Traube Kinder. Außerdem ließ er sich von den Kindern respektlos duzen.
Bei Herrn Mühlhofer dagegen herrschte Ordnung. Ein Junge aus der vierten Klasse blieb an der Bustür stehen und half den Kleinen hinein. Zuerst stiegen die Kleinsten, die

Erstklässler, ein. Sie gingen diszipliniert am Türdienst vorbei und setzten sich stets auf die hintersten Bänke. Zuletzt kamen die Großen, die vorn Platz nahmen. Alles ging schnell und reibungslos.

„Wie willst du denn jetzt nach Hause kommen?" Manuela schluchzte. Ich kauerte mich neben die Kleine und wischte ihr die Tränen ab.
„Pass auf, ich rufe schnell deine Mama an, damit sie sich keine Sorgen mehr macht. Dann fahre ich dich nach Hause. Und du erzählst mir unterwegs, warum du Herrn Mühlhofer nicht leiden kannst. Einverstanden?"
Und Manuela erzählte: „Der dicke Udo aus der Vierten ist immer der Sheriff und darf bestimmen. Wir Erstklässler müssen ganz nach hinten und zu dritt oder viert auf eine Bank. Dann macht Udo seinen Kontrollgang. Dabei boxt und knufft er immer die Mädchen. Mich kann der Udo überhaupt nicht leiden, immer muss ich neben dem Stinker sitzen."
Damit war Christoph gemeint. Er durchlief zum dritten Mal die erste Klasse und gehörte eigentlich in eine Sonderschule. Leider verweigerten seine Eltern ihre Zustimmung. Seine Kleidung war oft schmutzig und zerrissen, die Hose roch übel. Der Junge starrte immer wie abwesend ins Leere, konnte

aber aus heiterem Himmel wild um sich schlagen."

„Und was tut der Herr Mühlhofer?", wollte ich wissen.

„Ach, der ist Udos Freund. Der hat ihm doch der Sheriff-Posten gegeben. Und wenn wir mal ein bisschen laut sind oder aus Versehen den Ranzen auf den Sitz stellen, brüllt der olle Mühlhofer fürchterlich und sagt, er haut allen in die Fresse."

Betroffen versuchte ich abzulenken. „Aber bei Herrn Schmidt macht ihr viel mehr Krach. Schimpft der nicht auch?"

Manuela schüttelte den Kopf und lächelte. „Wird es dem Harald zu bunt, hält er den Bus an und steht auf. Das sieht lustig aus, weil er doch so dick ist und sich mit viel Keuchen hinter dem Lenkrad hervor quetscht. Er hält sich die Ohren zu, wackelt mit dem Kopf und will den größten Schreihals durchkitzeln."

Jetzt kicherte das Mädchen vergnügt.

„Dann hören wir auf zu zanken, wir müssen lachen und alles ist wieder gut. Außerdem darf jeden Tag ein anderes Kind der Beifahrer sein."

Zufrieden schaute Manuela aus dem Fenster. Dann fiel ihr noch etwas ein. „Wenn ein Kind an der Haltestelle fehlt, spinnt der Harald eine Geschichte und beschreibt uns, wie der Bummler seine Schuhe vergessen hat und nun

noch einmal barfuß nach Hause laufen muss. Harald wartet immer noch einen Moment. Und er hält unterwegs an, wenn noch einer angeflitzt kommt."
Ihr Gesicht verfinsterte sich. „Das macht der Mühlhofer nie. Der fährt einfach vorbei und lacht noch hämisch dabei.!

Das Ortsschild Himbach tauchte hinter der Kurve auf.
„Hör zu, Manuela. Versprich mir, dass du morgen wieder mit dem Schulbus fährst, ja?"
Das Mädchen nickte zaghaft.
„Auch, wenn Herr Mühlhofer fährt". ergänzte ich streng.
Fragend schaute mich das Kind an. Es fürchtete wohl, ich glaubte ihm nicht.
„Vertrau mir, ich habe eine Idee. Aber ich muss erst noch genauer darüber nachdenken."
Ich schaute auf die Uhr. Bis zur Versammlung am Nachmittag blieb mir noch eine halbe Stunde Zeit. Während ich Manuela nachwinkte, stellte ich mir vor, wie ich der Schulleitung, den Lehrern und dem Elternbeirat Manuelas Geschichte erzählte.

Unsere erste Radtour

„Mami! Sie kann´s!"
Die Küchentür flog mit einem Knall gegen die Wand.
„Kerstin, du sollst die Tür nicht so schmeißen! Wie oft muss ich dir das noch sagen? Schau mal, dieser Fleck an der Wand ..."
„Mami, so hör doch!"
„Nein, zuerst hörst du! Komm her und schau dir die Wand an! Hier ist ein dickes Loch und der Putz rieselt hervor. Weißt du, woher das kommt?"
Natürlich wusste ich, woher das kommt. Und Mutti wusste auch, dass ich es wusste. Aber jetzt musste ich ihr etwas ganz wichtiges erzählen.
„Tut mir leid, Mami" Ich kramte mein allerzerknirschtetes Gesicht hervor, aber nur für einen Moment. „Aber weißt du, die Peggy, die kann´s endlich."
„Was kann sie endlich?"
„Na, Rad fahren! Weil ich so viel mit ihr geübt habe. Deshalb."
Jetzt lachte Mutti. „Wirklich? Kann sie wirklich Rad fahren? Ganz allein?"

„Ja, ja! Komm! Komm mit auf den Balkon, da kannst du es selbst sehen."

Mutti trocknete sich die Hände am Küchentuch ab. Ich rannte inzwischen zur Balkontür, öffnete sie und rief: „Na, komm schon, Mami! Nun komm doch endlich!"

Mutti lachte und legte das Tuch zur Seite. Mir dauerte das viel zu lange. Am Ende war Peggy längst wieder abgestiegen. Kurz entschlossen lief ich zurück und schob Mutti einfach hinaus auf den Balkon. Nun konnte sie es mit eigenen Augen sehen: Peggy drehte auf dem Hof eine Runde nach der anderen. Der Lenker wackelte nur ganz wenig. Peggy schaute sogar kurz zu uns herauf. Aber zu winken traute sie sich nicht. Ich dagegen fahre die ganze Dorfstraße freihändig hinunter. Mutti darf das natürlich nicht wissen.

„Wir machen gleich morgen eine richtig tolle Radtour, ja?"

„Aber Kerstin!" Mutti schüttelte den Kopf. „Peggy muss noch üben."

„Ach was, du kennst sie doch. Erst traut sie sich nicht und dann kann sie alles perfekt. Und außerdem hat sie noch den ganzen Nachmittag Zeit zum Üben."

Mutti lachte nicht mehr.

„Und außerdem hast Du´s versprochen!"

„Was habe ich versprochen?"

„Na, dass wir eine schöne Radtour machen, sobald Peggy fahren kann. Und jetzt KANN sie fahren."

„So richtig kann sie es noch nicht. Aber ich werde heute Abend mal mit Vati darüber sprechen. In Ordnung?"

„Juhuu! Es klappt! Vati sagt sowieso ja! Juhuu !"

Ganz so sicher war ich mir allerdings nicht, denn Vati fährt lieber Auto als Fahrrad. Aber Autofahren ist schrecklich langweilig. Immer muss man stillsitzen. Laut reden darf man auch nicht. Alles stört die Eltern und macht sie nervös. Sie wollen, dass wir ruhig die Landschaft betrachten. Aber wozu? Es sieht doch überall gleich aus. Außerdem ärgert es mich, wenn wir an einem schönen Baum nur vorbei fahren, ich würde viel lieber hinauf klettern. Oder eine Burg erobern. Aber Vati hält niemals an, nur auf großen Parkplätzen, wo sich viele Leute drängeln. Dann müssen wir das anschauen, was alle anschauen und wieder ruhig sein.

Im Auto gibt es immer Streit, weil wir den Eltern zu laut sind oder nicht dorthin schauen, wohin sie mit dem Finger zeigen. Dann schimpfen sie und verlangen, dass wir mit offenen Augen durchs Leben gehen sollen. Aber wir gehen nicht. Wir fahren überall nur vorbei. Das gefällt mir nicht.

Mutti hält die Autokarte auf dem Schoß und sagt immer, wo Vati abbiegen soll Aber er biegt nicht ab. Er fragt: „Wo soll ich rechts abbiegen? Da vorne an dem gelben Haus? Bist du sicher? Da ist aber kein Schild. Hast du auch richtig in die Karte geschaut?"

Inzwischen sind wir längst an der Kreuzung vorbei und Mutti sagt überhaupt nichts mehr. Sie reicht ihm einfach die Autokarte und schaut aus dem Seitenfenster. Dann sind meine Schwester und ich ebenfalls still. Das gefällt mir auch nicht.

Vati meint, er müsse sich auf den Straßenverkehr konzentrieren und könne nicht gleichzeitig Karte und Wegbeschreibungen lesen. Er könne sich nicht auf Mutti verlassen. Sie würde sich unklar ausdrücken und viel zu spät sagen, wann und wo genau er abbiegen muss. Aber das stimmt nicht.

Ob Vati unsere erste Radtour erlaubt? Er muss! Ausgerechnet heute arbeitete er länger. Das kam zwar oft vor, doch höchst selten an einem Freitag. Wie immer steckte uns Mutti pünktlich 20 Uhr ins Bett. Ich wollte nicht einschlafen, sondern auf Vati warten.

Plötzlich war ich hellwach. Es duftete nach frisch gebratenen Buletten. Machte Mutti ein Nachtessen für Vati? Nein – es war ganz hell draußen. Buletten zum Frühstück? War Mutti schon wach? Normalerweise schliefen die Eltern und Peggy am Wochenende immer lange. Ich nicht. Ich war immer schon früh wach, lief zum Bäcker, holte frische Brötchen, deckte den Frühstückstisch und kochte Kaffee. Wieso war heute alles anders? Das konnte doch nur bedeuten … Radtour!

Schnell sprang ich aus dem Bett. Das gibt immer einen schönen dumpfen Wumm, wenn ich von oben herunter springe. Mein Bett ist nämlich über dem Kleiderschrank und dem Schreibtisch. Um hoch ins Bett zu klettern, nehme ich die Leiter, aber runter dauert mir das zu lange. Außerdem wird von dem Wumm Peggy wach und Mutti manchmal auch.

„Mami!"

Krach, die Tür war auf.

„Kerstin! Wenn du dich nicht augenblicklich benimmst, bleibst du hier!"

Vati war auch schon auf. Er saß in der Stube und hatte mächtig Unordnung gemacht. Erwachsene dürfen das. Überall auf dem Tisch, dem Sofa und sogar auf dem Teppich lagen Karten verstreut herum. Aber der dicke

Autoatlas war nicht dabei. Also doch eine Radtour!

Schnell gab ich Vati einen dicken Schmatz auf die Wange und rannte in die Küche. Dort sah es genauso unordentlich aus. Überall lagen Pakete mit Frühstücksbroten. Außerdem eine große Dose mit Nudelsalat, Äpfel und kleine Schachteln mit Saft, die wir immer mit in die Schule nahmen.

Mutti kam aus dem Keller und hatte einen großen Einkaufskorb und einen Rucksack über dem Arm. Sie zwinkerte mir zu und lachte. „Na, Kerstin, ausgeschlafen?"

„Klar! Schon lange. Wann geht's los? Soll ich mich anziehen?"

„Ja, aber deck zuerst den Tisch. Wir essen heute alle Corn Flakes zum Frühstück."

„Vati auch?"

„Ja, geht am schnellsten."

„Soll ich fix Peggy wecken?"

„Nein, nein – das mach ich lieber selbst. Außerdem ist sie durch dein Geschrei längst wach geworden."

Beim Frühstück befahl Vati: „Alle mal herhören!"
Uff, hoffentlich kein langer Vortrag.

„Wir fahren nach Haimhausen. Das sind zwar nur 25 Kilometer, aber für unsere kleine Peggy reicht das.

„Aber sie ist doch schon sechs!"

„Das stimmt. Aber sie hat das Fahren gestern erst gelernt."

„Na und? Jetzt kann sie´s!"

„Genau. Jetzt kann ich´s", ergänzte Peggy. „Ich will so lange fahren wie wir sonst mit dem Auto."

„Heute nicht. Heute geht es nach Haimhausen. Und damit basta."

Wenn Vati basta sagte, war es besser, still zu sein. Da half nicht einmal betteln und lieb anschauen.

„Nimmt Mutti wieder die Karte?"

„Nein, das braucht sie nicht. Ich habe mir die kurze Strecke schnell angeschaut. Wir nehmen erst den Radweg bis zu eurer Schule. Dann biegen wir in den Wald ab, fahren am See vorbei und schon sind wir in Haimhausen. Dort ist ein schöner Biergarten, wo wir Pause machen können. Schließlich haben wir Zeit."

„Und die Buletten?"

„Die nehmen wir mit. Auch den Nudelsalat und die Getränke. Man weiß ja nie."

Mutti lächelte. Vati winkte nur ab.

Schnell war der Frühstückstisch abgeräumt und die Futterpakete im Korb und Rucksack verstaut. Peggy holte noch ihren kleinen Plüschtiger Ramon, den sie genauso wie das

Fahrrad zum Schulanfang im letzten Monat bekommen hatte. Und los ging´s.

Es war richtig lustig. Mutti und Vati riefen sich lauter spaßige Sachen zu und schimpften auch nicht, obwohl Peggy und ich die ganze Zeit kicherten. Das durften wir im Auto nie, weil das die Eltern nervös machte. Hier draußen im Wald machte sie gar nichts nervös. Sie lachten viel. Überhaupt war alles viel viel schöner als beim Autofahren.

Mitten im Wald machten wir eine Pause. Vati las seine Zeitung. Mutti sonnte sich. Peggy lag auf dem Bauch und sprach mit ihrem kleinen Tiger. Ich sammelte weiches Waldgras und baute eine schöne Picknickstube. Die haben wir gleich eingeweiht und einen ganzen Teil von unserem Nudelsalat aufgegessen.

Endlich ging es weiter. Und zwar ziemlich steil bergauf. Peggy musste absteigen, Mutti auch. Vati war ganz rot im Gesicht und überall nass. Er sagte, er steigt nur ab, um seinen Frauen zu helfen. Mir machte der steile Berg nichts aus. Zu Hause fuhr ich fast jeden Tag in den Steinbruch und schaffte den Steilhang inzwischen in einem Zug bis ganz oben ohne abzusteigen. Das kann nicht einmal Klaus, unsere Sportskanone in der Klasse.

„Ich fahre mal schnell vor und schaue, ob wir bald da sind", verkündete ich.

„Du fährst nirgendwo hin! Du bleibst gefälligst hier bei den anderen und steigst ab. Sofort!" Vatis Stimme klang richtig wütend. „Hast du mich verstanden?"

Also musste ich ebenfalls schieben. So ein Mist!

„Papi, kannst du mein Rad schieben? Bitte!"

„Nein, Peggy, du schiebst dein Rad selbst - wie alle anderen auch."

„Gerhard, sei nicht so streng, die Kleine schafft das nicht." Mutti flüsterte zwar, aber ich habe trotzdem alles verstanden.

„Nein, sie schiebt wie wir alle. Schließlich wollte sie die Radtour. Nun soll sie sehen, wie sie klar kommt. Wäre ja noch schöner, wenn ich bei der kleinen Dame eine Ausnahme mache."

„Du bist nur sauer, weil du nicht bequem im Auto sitzt", murmelte Peggy trotzig.

„Noch ein Wort und du bekommt mitten im Wald Ärger mit mir, Fräulein!"

Peggy zog einen Schmollmund und ging als letzte. Sie wurde immer langsamer. Schließlich mussten wir anhalten, um auf sie zu warten.

„Nun mach schon! Trödel nicht so herum!"

„Ich muss mal."

„Dann geh doch!"

„Ihr dürft aber nicht weiter rennen. Wartet ihr auf mich?"

„Aber ja, Schätzchen." Mutti legte sofort ihr Fahrrad auf den Weg.

Vati schimpfte: „Beeil dich! Wir wollen hier keine Wurzeln schlagen."

„Ist es noch weit, Vati? Da vorn ist ein Schild. Darf ich hinrennen und nachschauen?"

„Ja, Kerstin, lauf!" Vatis Stimme klang erleichtert.

„Steht Himmelreich drauf. Und ein Bild von einer kleinen Kirche."

„Das ist so ein Wallfahrtsort", erklärte Vati. „Gib mal die Karte, dort ist er sicher eingetragen."

„Welche Karte?" Mutti war ratlos. „Du hast gesagt, wir brauchen keine Karte für das kurze Stück. Ich habe keine Karte mitgenommen."

„Ich habe nicht gesagt, dass wir keine Karte brauchen. Ich habe lediglich gesagt, dass ich mir die Strecke angeschaut habe. Man fährt nicht ohne eine Landkarte in eine fremde Gegend. Niemals! Das habe ich dir schon hundertmal gesagt und das solltest du dir inzwischen gemerkt haben. Ist denn auf keinen von euch Verlass? Muss ich mich immer um alles selbst kümmern?"

„Jetzt hör auf zu meckern, Gerhard."

„Haben wir uns verlaufen?"

Vati zuckte mit der Schulter.

„Wisst ihr was?" Mutti schaute uns erwartungsvoll an. „Wir fahren einfach zu dieser Kirche. Dort sind bestimmt viele Leute, die wir nach dem Weg fragen können. Einverstanden?"
Natürlich waren wir einverstanden.
„Auf zum Himmelreich!"

Aber es gab keine Kirche, nur einen großen verwitterten Stein mit einer Schrift drauf, die wir nicht entziffern konnten. Um den Stein war die Erde säuberlich geharkt und mit Linien wie zu einem Muster durchzogen. Um diese Linien befand sich ein kleiner Metallzaun mit einem winzigen Türchen. Ich fand das lustig. Der Zaun war so niedrig, dass sogar Peggy einfach drüber steigen konnte. Wozu dann ein Türchen?
„Ich will nach Hause", maulte Peggy. „Vielleicht habe ich die Biene Maja längst verpasst."
„Biene Maja. Das ist was für Babys."
„Selber Baby! Meine Lehrerin hat gesagt..."
„Ruhe jetzt!", befahl Vati. „Hat eure Lehrerin auch etwas zum Himmelreich gesagt?"
Peggy und ich schauten uns an und kicherten.
„Nö, hat sie nicht."
„Typisch. Wisst ihr wenigstens, wo Haimhausen liegt?"

Betreten schauten wir zu Boden und schüttelten den Kopf. Mutti legte Peggy den Arm um die Schulter und bat: „Gerhard, schimpfe nicht mit den Mädchen. Sie können doch nichts dafür."

„Möglich. Aber was bitte lernen sie in der Schule, wenn sie nicht einmal wissen, wo Heimhausen liegt?" Wütend drehte er sich zu uns um. "Na, wo liegt New York?"

Peggy jubelte: „Ich weiß, Papi! In Amerika."

Triumphierend schaute Vati zu Mutti. „Siehst du, was ich meine? Sogar dieser Dreikäsehoch weiß über Amerika besser Bescheid als über die nächste Umgebung."

Mutti seufzte. Dann lachte sie uns an. „Wenn wir schon in Himmelreich sind, dann machen wir es uns jetzt himmlisch gemütlich." Sie nahm den Korb vom Rad und stellte ihn auf den Boden. „Ich hätte noch leckere Buletten, Tomaten, Äpfel und jede Menge Saft. Wer hat so einen Bärenhunger wie ich?"

„Ich! Ich!", brüllten wir und halfen Mutti, die Decke und darauf all die Leckereien auszubreiten. Vati brubbelte noch ein Weilchen. Dann lachte er mit uns, als Peggy versuchte, ein ganzes Ei in den Mund zu stopfen.

Eine halbe Stunde später hatten wir alles aufgefuttert. Wir fuhren den Weg einfach weiter, weil Vati meinte, die Richtung wäre gut. Er konnte das an der Sonne erkennen.

Der Weg wurde immer schmaler. Vati bestimmte, wir müssten uns mehr rechts halten und möglichst bald rechts abbiegen. Es kam lange kein Abzweig nach rechts. Dann entdeckte ich den kleinen Pfad als erste, wo wir abbiegen mussten. Wir kamen gut voran. Dann wurde der Weg immer sandiger. Ich hasse Sandwege. Man kann nicht richtig lenken oder kippt sogar um. Ich warf das blöde Rad einfach hin und rannte weiter. Mutti hob es wortlos auf und schob es. Peggy weinte. Vati war längst weit vorausgefahren. Offenbar kümmerten ihn unsere Probleme nicht.

„Hier sind Reifenspuren. Hier geht es weiter." Die Spuren waren so tief, dass wir nicht fahren konnten und die Räder schieben mussten.

Plötzlich war der Weg zu Ende. Wir standen mitten im Wald und sahen uns um. Direkt vor uns aufgewühlte dunkle Erde, dazwischen Kartoffeln und Rübenstücke. Es stank fürchterlich. Kein Weg weit und breit, nur ein Hochstand. Die Reifenspuren stammten also vom Auto des Jägers, der hier Wildschweine fütterte und beobachtete. Mutti tröstete Peggy und warf Vati böse Blicke zu. Sie sagte nichts mehr. Auch Vati sagte nichts.

Uns blieb nichts anderes übrig, als den ganzen Weg bis zum Sandweg zurückzukehren. Von dort folgten wir der alten Richtung. Der Sand störte uns nicht mehr. Wir schoben unsere Räder und merkten gar nicht, dass der Pfad ständig linksherum verlief. Schließlich endete der Weg auf einer Lichtung. Ich entdeckte einen alten Mann, der auf dem Boden kniete und Erde harkte. Rings um ihn war ein niedriger Metallzaun um einen verwitterten großen Stein. Himmelreich.

Der Mann schimpfte, dass die liederlichen Leute Fußspuren in seine Rillen getrampelt hatten.

Betreten gestand ich: „Das war ich."

„Dann hast du wohl auch deinen Abfall hier gelassen?" Ohne aufzusehen wies der Mann auf den Papierkorb, der voll war mit unseren Picknickresten. „Man nimmt seinen Müll wieder mit und wirft ihn nicht in den Wald."

„Aber wir haben doch nichts daneben geworfen."

„Und? Was meinst du, wer den Müll wegräumt?" Jetzt schaute der Mann hoch. Seine buschigen Augenbrauen stießen fast zusammen. Ich wünschte, ich wäre nicht so weit vorausgefahren und hätte jetzt Vati neben mir.

„Ich kann dir sagen, wer deinen Müll wegräumt: ich. Ich packe alles in diesen Plastiksack da und trage es bis dorthin ins Dorf."

Er zeigte mitten in die Büsche. Ein Dorf? Ich konnte nichts sehen und lugte durch die Zweige. Gar nicht weit entfernt entdeckte ich einige Häuser. So nah waren wir am Ort vorbei gefahren und hatten es nicht gemerkt.

„Ist das Heimhausen?", brachte ich schließlich hervor.

Der Mann nickte und harkte brubbelnd weiter. Schnell radelte ich meinen Eltern und Peggy entgegen. Wir schoben die Räder durch einen kurzen schmalen Pfad durch einen Busch, dahinter war eine Straße. Bis zum Dorf ging es nur noch bergab. Vati hatte keine Lust mehr auf den Biergarten. Er drängte zum Bahnhof.

Als wir eine Stunde später endlich im Zug saßen, schwor Peggy, dass sie nie nie wieder auf ein Fahrrad steigt. Vati nickte. Mutti zwinkerte mir zu. Sie wusste, dass mir dieser Ausflug trotz allem sehr viel Spaß gemacht hatte.

Der Spaziergang

„Tina! Hierher!"
Die Hündin gehorchte sofort. Sie stellte sich quer vor mich und knurrte. Dann kläffte sie kurz und leise.
„Lass das! Sitz!"
Wenige Meter vor mir stand starr vor Schreck ein junger Mann. Er konnte keinen Zentimeter zurücktreten, sonst würde er in den Wassergraben rutschen. Weiterzugehen traute er sich offensichtlich nicht, obwohl Tina brav wie ein Lämmchen neben mir saß und auf weitere Befehle wartete.
„Fuß!"
Mit hoch aufgerichtetem Schwanz lief Tina neben mir her und tänzelte stolz. Sie war ein ausgesprochen hübscher Hund mit rabenschwarzem Fell, großem Maul und Hängeohren. Dass sie nicht einmal einen halben Meter hoch war, glich sie mit unbändigem Temperament aus und zeigte gern und schnell ihr riesiges Gebiss. Natürlich hatte sie noch niemanden gebissen. Nur nach einigen großen Rüden schnappte sie hin und wieder, wenn sie deren Zudringlichkeiten nicht mochte. Menschen ging sie nie an.

Doch über diesen jungen Mann schien sie sich zu ärgern. Dabei kam er ruhig den Waldweg entlang, nichts war ungewöhnlich an ihm.

Im Vorbeigehen grüßte ich: „Guten Tag. Entschuldige, das macht sie sonst nicht."

Tina knurrte leise. Der Junge zuckte mit den Schultern. Er sah nett aus. Groß, schlank, breite Schultern, braune Locken und freundliche braune Augen. Eigentlich genau mein Typ. Und wahrscheinlich etwa 20 Jahre alt – so wie ich. Seine Angst vor meiner kleinen Tina war lächerlich.

„Sie beißt nicht, sie hat sich nur erschrocken."

Der Junge zuckte wieder mit den Schultern und starrte mich an. Dann waren wir vorbei.

„Brav, Tina. Nun lauf!"

Wie ein Blitz schoss die Hündin davon.

„Nicht so weit!"

Ebenso schnell war sie wieder bei mir. Ich lachte.

Wir kletterten den steilen Wiesenhang hinauf, durchquerten das kleine Wäldchen und liefen übers Feld zurück nach Hause. Die ganze Zeit ging mir der hübsche Junge nicht mehr aus dem Kopf. Wie der mich angeschaut hatte, richtig fixiert. Mit offenem Mund, als ob er blöde wäre. Irgendwie seltsam jedenfalls. Schade, dass er sich so vor Tina fürchtete. Ich hätte mich gern mit ihm unterhalten.

Eine Woche später lief ich mit Tina die gleiche Runde. Es hatte geschneit. Hier im Wald gab es nur wenige Spuren von Schuhen, umso mehr Spuren von Wild. An diesen Spuren konnte ich genau sehen, weshalb Tina hier und da aufgeregt schnüffelte. Sie warf sich in den frischen Schnee, steckte ihre Nase tief hinein und rutschte die Hänge hinunter. Sie machte übermütig eine Rolle seitwärts und lag im gleichen Moment im Wassergraben. Sie strampelte, konnte aber nicht den steilen Uferhang bezwingen. Kurzerhand warf ich mich bäuchlings in den Schnee und zog die Hündin am Halsband nach oben. Tina rannte davon, zog große Kreise und wärmte sich damit auf. Und immer wieder wälzte sie sich im Schnee. Ich stand oben auf dem Weg und sah ihr lachend zu. Plötzlich war sie verschwunden. Ehe ich rufen konnte, hörte ich einen Platsch ins Wasser und eine wütende Männerstimme: „Mist! Mist! Mist!"
Schnell lief ich in die Richtung und sah, wie ein Mann auf den Knien ans Ufer kroch. Er setzte sich so nass wie er war mitten in den Schnee und hielt sich den Knöchel. Tina kam erschrocken zu mir gerannt. Sie stellte sich dicht neben mich und knurrte. Jetzt erkannte ich den Jungen von neulich.
„Hast du dich verletzt?"

Keine Antwort, nur das bekannte Schulterzucken.
„Hat dich mein Hund erschreckt?"
Schulterzucken.
„Tut mir echt leid. Sieh mal, ich nehme ihn an die Leine."
Der Junge stand unbeholfen auf und schaute auf seine nassen Schuhe. Seine Hosen tropften. Die Jacke schien trocken. So konnte er unmöglich durch den Ort gehen.
„Bist du hier aus dem Dorf?"
Er nickte.
„Hast du´s noch weit?"
Wieder nur sein kurzes Schulterzucken.
„Mein Name ist Sandra Schmidt. Ich wohne an der Hauptstraße, direkt neben dem Mini-Markt. Wenn also was ist ... Ich meine, meine Versicherung zahlt die Reinigung. Oder falls doch was mit deinem Bein ist."
Der Junge schaute mich weiter wortlos an. So ein Stoffel. Wer so laut fluchen kann, der kann zumindest antworten. Nicht einmal seinen Namen hat er gesagt.
Also drehte ich mich um und ging meine Runde zu Ende. Ich ärgerte mich. Wegen eines kleinen Hundes ins Wasser zu springen. Sicher mag er keine Hunde. Hoffentlich macht er mir keine Schwierigkeiten. Aber hier im Wald gab es keine Leinenpflicht. Mir konnte also nicht viel

passieren. Hauptsache, er war nicht verletzt. Ich hätte ihm meine Hilfe anbieten müssen. Ob ich umkehren soll? Vielleicht kann er gar nicht laufen in seinen nassen Schuhen. Außerdem hat er seinen Knöchel gehalten. Sicher friert er ganz schrecklich in seiner nassen Hose. Hier im Dorf hatte ich ihn jedenfalls noch nie gesehen. Er wäre mir ganz sicher aufgefallen – so groß und mit so braunen Locken.

Zu Hause steckte ein Kuvert in meiner Tür, darin ein Zettel: „Hallo, Sandra – wenn Du willst, können wir uns am Freitag um 19 Uhr treffen. Mein Name ist Torsten. Mein Fuß ist etwas geschwollen, aber nicht schlimm. Eine neue (trockene!) Hose habe ich auch inzwischen an, die Reinigung übernimmt meine Mutter. Eigentlich mag ich Hunde sehr. Ich wollte schon immer selbst einen haben. Doch das geht nicht, weil ich immer so lange arbeite. Nur Donnerstags nicht, da habe ich Schule. Ich bin den Weg extra gegangen, weil ich hoffte, Dich zu treffen. Ich möchte Dich gern wiedersehen. Falls Du damit einverstanden bist, rufe mich bitte an. Viele Grüße von Torsten"
So ein netter Brief. Die Telefonnummer stand in großen grünen Buchstaben quer über dem ganzen Blatt. Anrufen soll ich ihn also. So ein Witzbold. Lauert mir auf, sagt aber kein

einziges Wort. Ich werde ihn jetzt sofort anrufen und testen, ob er nicht nur schreiben, sondern auch reden kann.

„Hallo, hier ist Sandra."

„Sandra!"

„Ich habe Deinen Brief bekommen und bin einverstanden."

„Ehrlich?"

„Warum nicht? Jetzt, da du deine Sprache wiedergefunden hast."

Torsten lachte. „Morgen um sieben auf dem alten Feuerwehrplatz?"

„Geht klar."

„Bis morgen also."

Klick – das Gespräch war zu Ende. So was! Ein seltsamer Junge. Immerhin konnte er sehr nette Briefe schreiben und sogar sprechen. Torsten hatte eine sehr angenehme, tiefe Männerstimme. Was soll's? Die Verabredung morgen ist ein Anfang – auch wenn der Treff auf dem Feuerwehrplatz im Schnee recht seltsam ist und mir nicht wirklich gefällt. Soll ich Tina mitnehmen? Torsten hat geschrieben, dass er Hunde mag. Ich hätte fragen sollen. Ich hätte viel mehr fragen sollen. Habe ich überhaupt etwas gesagt?

Da steht er!

„Hallo, Torsten!. Wartest du schon lange?"

„Ich war zu früh hier. War viel zu aufgeregt?"
„Aufgeregt? Du dachtest wohl, ich bringe Tina mit?"
Torsten schüttelte den Kopf und schaute zu Boden.
„Was machen wir jetzt? Gehen wir ein Stück?"
„Wenn du willst. Oder hast du Lust, mit mir im Auto herumzufahren?"
Ich nickte. Eine gute Idee. Besser jedenfalls, als mitten durchs Dorf zu schlendern. Torsten hielt mir galant die Beifahrertür auf.
Komisch, dass ich Torsten noch nie getroffen habe. Dabei wohne ich neben dem einzigen Laden im Ort. Torsten sprach nichts mehr.
„Warum sagst du nichts?"
„Ich bin viel zu aufgeregt."
„Warum denn? Weil so viel Schnee liegt?"
Torsten schüttelte den Kopf. „Ich weiß nicht, wie ich's sagen soll."
„Was denn?"
Keine Antwort. Viele Minuten vergingen. Langsam wurde es mir zu albern und ich überlegte, ob ich aussteigen sollte. Ich wollte ihn gerade bitten anzuhalten, als Torsten an die Seite fuhr und den Motor abstellte. Er seufzte. Dann sprudelte es aus ihm heraus: „Sie siehst so toll aus! Ich habe noch nie ein so hübsches Mädchen gesehen wie dich. Würdest du mal mit mir ausgehen?"

„Klar." Jetzt musste ich erst einmal schlucken. Torsten sprach entweder gar nicht oder kam gleich direkt zur Sache. Ich holte tief Luft, um dann so ruhig wie möglich zu antworten: „Nur nicht so gern in die Disco. Lieber ein Eis essen oder ins Kino."
„Ehrlich? Toll! Eis essen und Kino sind mir auch lieber." Torsten strahlte. „Und wann?"
„Dienstag wäre gut."
„Toll."
Torsten fuhr um die Ecke und wir standen auf dem Feuerwehrplatz.
„Bis Dienstag also."
Ich stieg aus und Torsten fuhr davon. Es war nicht einmal eine halbe Stunde vergangen. Wir hatten weder eine Uhrzeit noch einen Treffpunkt ausgemacht. Soll ich ihn anrufen? Nach meiner Nummer hat er nicht einmal gefragt.

Tina freute sich, dass ich so schnell wieder daheim war. Sie sprang aufgeregt an mir hoch. Also holte ich ihre Leine und machte mich auf eine kurze Nachtrunde durchs Dorf mit ihr.
Als wir wenige Minuten später zurück kamen, klemmte wieder ein Kuvert in meiner Tür.
„Liebe Sandra, ich freue mich schon sehr auf Dienstag. Wenn möglich würde ich Dich schon früher sehen, am besten gleich morgen. Denn

morgen ist Samstag. Oder musst Du übers Wochenende arbeiten? Falls nicht, könnten wir morgen mit Tina zusammen spazieren gehen. Ich bin zehn Uhr hier vor Deinem Haus. Torsten."

Ob Torsten irgendwo in der Nähe steht? Wie kann er den Brief so schnell geschrieben und unbemerkt in meine Tür geklemmt haben? Wenn der Umschlag nun in den Schnee gefallen wäre und ich ihn nicht gefunden hätte? Jedenfalls gefiel mir die Idee. Ich drehte mich um und rief laut: „Einverstanden!"

Die Sekretärin

„Schröder-Hydraulik, mein Name ist Paschke, guten Tag."
„Niemeier, meinen Mann bitte!"
„Tut mir leid, Frau Niemeier, Ihr Gatte ist leider im Moment nicht zu sprechen. Darf ich etwas ausrichten?"
„Ausrichten? Ich will nicht Sie, sondern meinen Mann sprechen. Also verbinden Sie!."
„Das geht im Moment nicht, Frau Niemeier, ich darf wirklich nicht stören. Kann Ihr Mann Sie zurückrufen?"
„Nein, danke." Es knackte, Frau Niemeier hatte aufgelegt.
Ursula Paschke seufzte. Sie war es gewohnt, von Frau Niemeier so kurz abgefertigt zu werden. Aber ihr Chef ließ sich niemals direkt anwählen, er wollte generell über seine Sekretärin erreicht werden.
Ursula stupste mit dem Fuß leicht gegen den Teppich, um den Drehstuhl in die richtige Stellung zur Tastatur zu bringen. Sie ließ die Schultern kreisen und schüttelte ihre Hände. Sie musste sich beeilen, denn ihr Korb „zu bearbeiten" war noch randvoll. Sie hoffte, dass

die seltene Ruhe im Vertriebsbüro noch ein Weilchen anhielt und sie rasch vorankam.

Normalerweise ging es laut und hektisch zu, weil alle vier Vertriebsleute fast ununterbrochen telefonierten. Mit einem Ohr musste die Sekretärin immer mithören, weil sie oft nach einer Unterlage, einem Liefertermin oder dem Stand einer Reklamation gefragt wurde.
Ihr Chef Niemeier war schwer zu erreichen, weil er selten an seinem Schreibtisch saß. Er wirbelte durch alle Büroräume und inspizierte die Schreibtische der Sachbearbeiter. Vielleicht lag ein unbearbeiteter Auftrag herum oder ein unbesetztes Telefon klingelte. Er duldete keine geschlossene Bürotür, denn er wollte alles und jeden sehen, wenn er die Flure entlang lief. Auch seine Tür blieb immer geöffnet. So konnte er von seinem Schreibtisch aus sehen, wer zum Kopierer ging. Meist fiel ihm sofort eine Anweisung ein: „Isolde, denken Sie an die Versandunterlagen für Spedition Müller!"
„Marion, das Fax – ist das raus?"
„Ursel, wo bleibt meine Verbindung zum Hamburger Büro?"
Im Moment war das nicht zu befürchten. Die Sekretärin freute sich, ungestört ihre vielen Aufgaben erledigen zu können.

Wieder klingelte das Telefon.

„Schröder-Hydraulik. Mein Name ist Paschke. Guten Tag."

„Hallo, Hasimaus."

„Ach du bist´s Hubert."

„Was ist los? Du klingst nicht erfreut."

„Ach, sei nicht böse. Aber eben dachte ich, wie herrlich ruhig es im Büro ist. Keiner da, alle in einer Besprechung."

„Toll! Dann können wir ungestört quatschen."

„Bitte lass mich arbeiten, Liebling."

„Was soll das heißen?"

„Sei nicht sauer! Wenn ich jetzt mit dir quatsche, werde ich vor neun nicht fertig mit meiner Arbeit."

„Spinnst du? Es ist fünf Uhr. Du hast längst Feierabend."

Jetzt wurde auch Ursula ärgerlich. „Na und? Du weißt, ich muss und will erst alles fertig haben. Jetzt habe ich Ruhe im Büro und jetzt will ich ungestört arbeiten."

„Kannst du haben. Ich jedenfalls gehe in den Biergarten. Bis um neun warte ich jedenfalls nicht auf dich." Hubert legte auf.

Sofort tippte Ursula weiter an ihrem Brief. Sie musste sich konzentrieren. Sie durfte jetzt nicht über Huberts Worte nachdenken.

Die Tür zum Konferenzraum wurde geöffnet, die vier Verkäufer und Herr Niemeier kamen schwatzend heraus.

„Also dann: frisch ans Werk, meine Herren!", forderte der Vertriebsleiter seine Mannschaft auf und hastete in den angrenzenden Raum. Die Verkäufer durchwühlten ihre Postfächer und stellten alle gleichzeitig ihre Fragen, trafen Absprachen und erteilten Anweisungen. Schon allein ihre Anwesenheit verbreitete Hektik. Immer waren sie in Eile, immer war etwas ganz dringend zu erledigen. Ursula bemühte sich, ruhig zu bleiben und notierte sich Termine und Preise und gab geduldig Auskunft.

Sie verstand diesen Arbeitsstil nicht: zehn Uhr stürmten die Verkäufer ins Büro und riefen schon draußen im Gang: „Hat jemand angerufen? Ist Post für mich da?"

Heute saßen sie seit elf Uhr in ihrer Besprechung, dazwischen das Geschäftsessen beim Italiener, danach wieder Meeting – immer im Zwei-Stunden-Takt. Und jetzt kurz nach 17 Uhr beklagten sie sich lautstark, dass sie keinen Kunden mehr erreichten. Ursula hätte die Besprechung nicht vor 16 Uhr angesetzt. Aber sie wurde nicht gefragt.

Nur einer der Herren gab sich gelassen: Detlev Linke. Er nuckelte genussvoll an seiner Pfeife, strich langsam über seine strohgelb gefärbte Dauerwelle und schlenderte augenzwinkernd von einem Schreibtisch zum nächsten. Er schmeichelte: „Hübsche Bluse, Traudl."

„Neue Frisur, Marion? Steht Ihnen gut", streifte wie zufällig über einen Rücken, tätschelte eine Hand und betrachtete ungeniert Ausschnitt und Beine. Schon saß er auf Ursulas Schreibtisch und beugte sich zu ihr herunter. Mit seinen breiten Schultern bedeckte er den Bildschirm. Ursula war gezwungen, aufzuschauen. Sofort rutschte Detlev noch näher, schob dabei einige Briefe und Blätter zusammen, ohne das Durcheinander, das er anrichtete, zu beachten.

„Na, Herzchen? Holst mir einen Kaffee?"

„Sie wissen, wo die Maschine steht, Herr Linke."

„Hört, hört! Eine Emanzipierte!" Feixend schaute sich Linke im Raum um. Er zupfte an seinem Schnauzer und grinste. „Oh ja, ich weiß, wo der Kaffee steht. Ich weiß aber auch, wozu eine Sekretärin da ist."

Er sprach langsam und betonte jede Silbe. Dabei wippte er mit dem rechten Bein, so dass sein Fuß bei jeder Bewegung gegen den Rocksaum der Sekretärin stieß.

Ursula Paschke stand auf. Sie wollte weiterarbeiten, damit sie ihr heutiges Pensum schaffte. Also lief sie rasch in die Küche und stellte Zucker, Milch und eine Tasse Kaffee aufs Tablett. Zurück im Büro suchte sie mit den Augen einen passenden Platz für den lästigen Linke. Er sollte so weit wie möglich von ihrem Schreibtisch entfernt sitzen. Hinten am Fenster stand ein kleiner Tisch, daneben ein einfacher brauner Lederstuhl. Vorsichtig beugte sie sich nach vorn, um das Tablett auf dem Tisch abzusetzen und nichts zu verschütten.

Plötzlich zuckte sie zusammen. Zwei feste Hände umspannten ihre Taille. Linke blies seinen Tabak-Atem warm und keuchend in ihren Nacken. Blitzschnell drehte sich Ursula um. Sie versuchte, die Balance zu halten, riss dabei ihre Arme hoch und traf Detlef Linke mitten im Gesicht. Das Tablett scherbelte zu Boden, der heiße Kaffee spritzte auf Linkes Hose. Erschrocken lief Ursula aus dem Raum und schloss sich in der Toilette ein. Sie drehte den Wasserhahn auf und ließ kaltes Wasser über ihre Arme laufen. Dann kühlte sie ihr Gesicht, wobei sie darauf achtete, nicht ihr Makeup zu verwischen. Die Konzentration auf ihre Schminke half ihr, die Gedanken zu sammeln und gefasst ins Büro zurückzukehren.

„So eine dumme Gans!" Linke wischte über die nasse Stelle am Oberschenkel. Sie brannte, genau wie seine Wange. Er drehte sich zu

Ursula um und schimpfte: „Sie Trampel! Das hat ein Nachspiel!"

Wütend ging Detlev Linke zur Tür und prallte dort mit Herrn Sander, dem Geschäftsführer zusammen. Ärgerlich wies er auf seine Hose und brummte: „Wer hat diese dumme Nuss eingestellt? Die Paschke ist echt zu blöd zum Kaffeekochen. Unter einer Sekretärin stelle ich mir weiß Gott etwas anderes vor. Es lohnt nicht mal, in ihren Ausschnitt zu gucken."

Sander schüttelte den Kopf. Er wusste, dass Linke jede Frau anbaggerte. Offenbar ließ sich Frau Paschke davon nicht beeindrucken. Er lächelte ihr zu, als er an ihr vorbei ins Büro seines Vertriebsleiters Niemeier ging. Kurz entschlossen verlangte er: „Gib mir deine Sekretärin!"

Überrascht schaute Niemeier auf. „Warum das denn?"

„Sie gefällt mir."

„Wieso? Deine Sekretärin ist viel jünger, die Katrin ist ein echter Kracher."

„Na gut, wir tauschen."

Das hatte sich Niemeier schon lange gewünscht. Er brauchte nur an die durchsichtige Bluse zu denken, die Katrin gestern anhatte. Sofort war er von dieser Idee begeistert. Aber warum interessierte sich der Chef für die Paschke? Oder wollte er Katrin loswerden? Vielleicht kann sie nicht schreiben? Oder sie hat die Termine nicht im Griff. Er schaute in den Nachbarraum. Fräulein Paschke telefonierte lächelnd.

„Aber nein, Herr Franke, Sie können sich darauf verlassen. Ich habe selbst mit der Spedition gesprochen, die Ersatzpumpe wird morgen vor zehn Uhr geliefert." Sie notierte sich etwas auf ihren Block, der ständig neben dem Telefon lag und sprach freundlich weiter: „Sicher. Herr Berthold vom Service wird pünktlich bei Ihnen sein und den Einbau selbst vornehmen. Ja, er weiß Bescheid. Gut. Einen schönen Abend noch, Herr Franke."

Die Paschke war ein richtiges Telefonwunder. Die süße Katrin wohl eher was zum Anschauen.

„Na, was ist?" hakte Sander nach. „Tauschen wir die Mädels?"

„Die Paschke hat sich gut eingearbeitet. Sie kennt jedes unserer Geräte, ist technisch absolut fit. Und wie sie mit den Kunden redet hast du eben gehört. Nein, sie ist hier gut aufgehoben."

„Bist du sicher, dass sie das auch so sieht? Nur Briefe zu tippen könnte für sie langweilig werden."

„Ach, das macht sie nach Dienstschluss. Tagsüber hat sie genug zu tun mit den Kunden und den Vertriebsleuten."

„Eben. Bei mir hätte sie es leichter. Und Briefe müsste sie keine tippen." Sander drehte sich in der Tür noch einmal um. „Überleg´s dir!"

Da gab es nicht viel zu überlegen. Hatte der Chef ernsthaft vor, ihm die Paschke wegzunehmen? Oder noch schlimmer, dass die Paschke sich eine andere Stelle suchte. Das durfte nicht passieren. Ihm fiel ein, dass er früher eine Extra-Tippse für seinen Schreibkram hatte. Daran hatte er gar nicht mehr gedacht.

Rasch ging er hinüber ins Großraumbüro. Ursula Paschke blätterte gerade in dem Aktenberg, den er ihr vor zehn Minuten an den Tisch gebracht hatte.

„Wollen Sie nicht mal pünktlich Feierabend machen?"

Ursula lächelte. „Gern. Aber das geht nicht. Es ist noch viel zu tun."

„Die Briefe laufen Ihnen nicht davon. Sie liegen morgen Früh immer noch auf ihrem Schreibtisch."

„Das glaube ich gern. Aber vor fünf Uhr komme ich einfach nicht dazu, Ihre Briefe zu schreiben, weil pausenlos das Telefon klingelt."

„Ich weiß. Gespräche mit unseren Kunden sind wichtiger als diese Briefe."

Ursula schaute ihren Chef ungläubig an. Er duldete normalerweise nicht, dass sie nach Hause ging, bevor sie seine Mappe „zu erledigen" komplett abgearbeitet hatte. Daran hatte er nie einen Zweifel gelassen.

„Ich brauche Sie eher als meine Assistentin als zum Briefe tippen. Würde Ihnen das Spaß machen?"

„Sehr gern."

Ursula konnte ihre Freude über das wunderbare Angebot nicht verbergen. Etwas hilflos zeigte sie auf den unbearbeiteten Briefstapel. Niemeier nickte. Dann schob er den Postkorb beiseite und befahl: „Schluss für heute! Sie gehen jetzt nach Hause! Und ich gehe rauf zum Geschäftsführer und sage ihm, dass ich umgehend eine Schreibkraft brauche."

Damit drehte er sich um und ging aus dem Büro.

Ursula schaltete den Computer aus, griff nach ihrer Handtasche und lief mit einem kurzen Gruß aus der Tür. Auf dem Weg zum Ausgang stellte sie sich Huberts Gesicht vor, wenn sie ihn jetzt schon im Biergarten überraschte.

Die Panne

Ein scheußlicher Morgen! Evi und Peter schauten verärgert aus dem Fenster. Ihre Stimmung war ebenso trüb wie das Wetter. Ein feiner Nieselregen fiel auf ihren alten Ford, der draußen vor der Haustür stand und sie eigentlich ins Grüne kutschieren sollte.
„Weißt du was?" Evi knuffte ihren Mann in die rundliche Hüfte. „Wir machen unser Picknick trotzdem."
„Eine gute Idee." Spöttisch zeigte Peter hinaus. „Wir setzen uns dazu vergnügt ins nasse Gras." Verärgert drehte er sich um. „Nee, ohne mich. Ich gehe wieder ins Bett."
„Aber schau doch, dort hinten links ist es ganz hell. Dort scheint sicher die Sonne. Siehst du?" Evi wies mit der Hand zum Horizont. Tatsächlich war in der Ferne ein heller Streifen zu sehen. „Ich hab´s!", jubelte Evi. „Wir fahren einfach los und schauen an jeder Kreuzung, in welcher Richtung es sonnig ist. Das wird lustig."

Auf diese Weise fanden sie einen wunderlichen, schmalen Weg durch eine ganz unbekannte Gegend. Sie fuhren durch winzige Ortschaften, die nur aus einer kurzen Häuserzeile bestanden, leuchtend gelbe Felder und dichte Wälder. An einem stillen, kleinen See machten sie Pause und verzehrten ihren Proviant. Sie blieben den ganzen Tag über an diesem friedlichen Ort, lasen sich abwechselnd aus einem Buch vor und schienen die Zeit ganz zu vergessen.

Erst, als es langsam dunkel wurde, machten sie sich auf den Weg nach Hause. Ihr alter Ford tuckerte. Manchmal spuckte und hustete er, aber die jungen Leute sorgten sich nicht, denn bisher hatte sie das alte Auto immer zurück nach Hause gebracht. Langsam zwar, aber sie hatten Zeit.

Evi hielt die Karte auf dem Schoß und dirigierte ihren Mann durch das Labyrinth von winzigen kurvenreichen Straßen. Sie musste die Taschenlampe benutzen, denn die Innenbeleuchtung funktionierte nicht mehr. Draußen war es inzwischen stockdunkel. Es hatte zu regnen begonnen.

„Haben wir uns verfahren, Liebling?" Besorgt schielte Peter auf die Karte.

„Nein – ich glaube nicht. Nur sind nicht alle Wege in meiner Karte eingezeichnet. Aber ich glaube, ich weiß so ungefähr, wo wir sind." Dann bat sie: „Stell doch das Radio wieder an. Es ist so unheimlich, wenn man nur die Scheibenwischer klicken hört."

Plötzlich verschluckte sich der alte Ford, ruckte noch einmal und blieb stehen. Die Zündung gab keinen Mucks mehr von sich, so oft Peter auch neu zu starten versuchte. Ringsum war nichts zu sehen. Sie standen mitten in einem unbekannten, finsteren Wald.

Er stieg aus dem Auto, öffnete die Motorhaube und leuchtete mit einer Taschenlampe hinein. Er klopfte hier und zog dort, doch eigentlich hatte er keine Ahnung von Motoren und wusste nicht, wonach er suchen und was er erkennen sollte.

Dann leuchtete er in die Umgebung, doch ringsum war nichts zusehen, nur finsterer Wald. Nach ein paar Schritten entdeckte er ein Schild, das in einen Waldweg wies. Die ersten vier Buchstaben waren vollkommen verwischt, doch die letzten entzifferte er eindeutig als *haus*. Er lief zurück zum Auto.

„Evi! Hier muss ein Haus in der Nähe sein, das steht auf dem Schild." Er zeigte mit dem Arm in den Wald. „Da werde ich hingehen. Vielleicht wohnt dort jemand, der uns helfen kann."

Erschrocken stieg Evi aus dem Auto und ergriff Peters Hand. „Ich komme mit. So allein bleibe ich nicht hier."

„Du Dummchen, was soll denn passieren?" Peter küsste seine Frau auf die Wange. „Nein, du bleibst hier! Setze dich einfach ins Auto und

warte auf mich! Ich lasse die Motorhaube offen. Falls ein Fahrzeug vorbei kommt, sieht es sofort, dass wir Hilfe brauchen."
Dieser Vorschlag leuchtete Evi ein, doch wohl war ihr nicht dabei, so allein im dunklen Wald zurückzubleiben. Sie schauten beide in die Richtung, in die der Waldweg verlief. Inzwischen hatten sich ihre Augen an die Dunkelheit gewöhnt und sie erkannten gar nicht weit entfernt die Umrisse eines Hauses, in denen ein schwaches Licht leuchtete.

Peter machte sich auf den Weg. Evi schaute ihm nach. Bald hatte ihn die Dunkelheit verschluckt. Ängstlich blickte sie um sich, doch sie konnte nichts erkennen. Eilig huschte sie ins Auto, zog ihre Jacke fester um die Schultern und hielt sie mit beiden Händen unter dem Kinn zusammen.
Dann sah sie, wie im Haus die Tür geöffnet wurde. Ein heller Lichtkegel beleuchtete eine tief gebeugte schmächtige Gestalt, dann war es wieder stockdunkel.
Evi wartete. Sie drehte am Radio, aber es spielte nicht. Ihr fiel ein, dass sie dazu erst den Motor starten müsste und rutschte auf den Fahrersitz hinüber. Doch der Schlüssel steckte nicht. Wahrscheinlich hatte ihn Peter automatisch abgezogen und eingesteckt.

Außerdem ließ sich der Motor ohnehin nicht starten. Es blieb ihr nichts anderes übrig, als weiter untätig zu warten.

Die Zeit schien nicht zu vergehen. Was tat Peter nur so lange im Haus? Sie rutschte wieder auf den Beifahrersitz zurück, weil sie von dort das Haus besser beobachten konnte. Es tat sich einfach nichts. Evi wurde wütend. Peter wusste, dass sie die Dunkelheit nicht mochte. Weshalb hielt er sich so lange bei diesen Leuten auf? Doch dann wurde sie unruhig. Ob Peter etwas passiert war? So ein Quatsch! Was sollte in einem Haus passieren? Doch warum kam er nicht zurück? Irgendwie spürte sie, dass von diesem Haus eine Gefahr ausging.

Nach einer gefühlten Ewigkeit öffnete sich die Tür und Peter stürmte heraus. Ohne sich umzusehen rannte er zum Auto und stieg sofort ein. Er knallte die Tür zu und ließ sich schwer auf den Sitz fallen. Seine Hände zitterten, als er versuchte, den Schlüssel ins Zündschloss zu stecken. Er versuchte zu starten. Vergeblich. Der Motor gab keinen Ton von sich. Erschöpft sank er in sich zusammen und ließ resigniert den Kopf hängen.

„Was ist denn passiert?", fragte Evi.

Peter verhielt sich so merkwürdig, dass ihr richtig unheimlich zumute wurde. Doch er antwortete nicht, schüttelte nur den Kopf.

„So rede doch!" Evi packte seinen Arm.

Peter schluckte, brachte aber keinen Ton heraus und sah sie nur mit weit aufgerissenen Augen an. Obwohl sich Evi gruselte, sie musste wissen, was in diesem Haus passiert war. Sie beschloss, strategisch vorzugehen und eindeutige Fragen zu stellen.

„Wer hat dir die Tür geöffnet? Ein Mann oder eine Frau?"

„Ein Chinese."

„Ein Chinese?"

Peter nickte.

„Und was hat der Chinese gesagt?"

„Nichts."

Evi seufzte. Wortkarg war Peter schon immer, doch dass er ausgerechnet jetzt nicht antwortete, machte sie wütend.

Ungeduldig bohrte sie nach: „Gesagt hat der Chinese also nichts. Hat er irgend etwas gemacht? Oder auch wieder nichts?"

„Er hat sich verbeugt und dabei so seltsam gelächelt, wie eine gruselige Fratze sah das aus."

Peter versuchte, dieses seltsame Lächeln nachzumachen. Fast hätte Evi gelacht. Doch ihr Mann benahm sich derart eigenartig, dass ihr das Lachen verging.

Warum erzählte er nicht einfach, was passiert war? Er wirkte so verwirrt, als sei er dem Leibhaftigen selbst begegnet. Dabei war Peter ein eher kühler Realist, der an alle Dinge überlegt heran ging. Doch jetzt saß er direkt hilflos neben ihr und schüttelte immer wieder seinen Kopf, als könne er nicht begreifen, was er gerade erlebt hatte.

„Hast du in diesem Haus etwas Schreckliches gesehen?", flüsterte sie.

Es muss etwas ganz Furchtbares gewesen sein, sonst könnte Peter darüber sprechen. Sicher wollte er sie schonen, denn er sah, wie sie bereits vor Angst zitterte.

Trotzdem schrie sie plötzlich: „Rede endlich!"

Ihre Stimme überschlug sich und klang eher wie ein hilfloses Quietschen.

Peter schaute auf seine Hände, die er die ganze Zeit schon knetete. Dann blickte er auf, seufzte, lehnte sich näher zu Evi hinüber und erzählte flüsternd:

„Ich sagte dem Chinesen, dass ich eine Panne hätte und bat, eine Werkstatt anrufen zu dürfen. Doch der Typ reagierte nicht. Er stand nur da, lächelte seltsam und verbeugte sich. Ich wusste nicht, ob er mich überhaupt verstanden hatte.

Also zeigte ich ihm mit der Hand, wie man telefoniert." Peter hielt seinen Daumen ans Ohr und beugte den kleinen Finger so vor den Mund, als ob seine rechte Hand einen Hörer hielt. Er fauchte wütend: „Aber dieser blöde Kerl hat immer nur blöde gegrinst." Dann murmelte er: „Wäre ich doch nur hier im Auto geblieben."
„Um Gottes Willen, Peter! Nun erzähle endlich!" Doch Peter schüttelte wieder den Kopf und bedeckte sein Gesicht mit beiden Händen.
„Hast du vielleicht eine Leiche gesehen?"
Erschrocken über ihre eigenen Worte hielt sich Evi mit der Hand den Mund zu und starrte Peter entsetzt an.
„Eine Leiche?" Er schüttelte den Kopf. „Nein, ich glaube nicht."
Peter wusste nicht, ob er eine Leiche gesehen hatte? Evi zitterte heftiger. Der Wald schien ihr plötzlich irgendwie lebendig, als ob die Bäume näher rückten und schlimme Drohungen raunten. Sie rückte näher zu Peter und klammerte sich an seinem Arm fest.
„Was sollen wir nur tun? Hier sind wir verloren! Wir müssen weg!"
Doch keiner von beiden traute sich, die Autotür zu öffnen, obwohl sie wussten, dass sie nicht im Auto sitzen bleiben sollten. Vielleicht hätten sie zu zweit eine Chance gegen diesen

unheimlichen Chinesen. Doch vielleicht war er gar nicht allein?

„War noch jemand im Haus?", fragte Evi ängstlich.

„Die Halle war voller Menschen."

„Die Halle? Aber das Haus ist doch so winzig."

„Nein, es ist viel größer und prächtiger da drin. Die Wände sind ganz aus Marmor mit einer breiten Treppe in der Mitte, die nach oben führt."

„Nach oben?" Das Häuschen schien Evi nicht größer als ein Schuppen, zumindest wirkte es von weitem so.

Peter zuckte ratlos mit der Schulter. „Ich kann mir das auch nicht erklären." Nachdenklich kratzte er sich am Kopf. „Glaube mir, es war unheimlich da drin. So duster, nur so kleine Partylichter flackerten, die immer die Farbe wechselten. Diese vielen Leute hielten Gläser in ihren Händen, doch sie blickten starr vor sich hin, wie leblos. So, als wären sie vor langer Zeit gestorben."

Evi schrie auf und klammerte sich noch fester an ihren Mann.

„Es war totenstill da drinnen, kein Hüsteln, kein Atemgeräusch, nichts. Ich wollte nur noch weg. Da sah ich direkt vor mir das Telefon und wollte schnell die Polizei rufen."

„Die Polizei?"

„Wen hätte ich denn ohne Telefonbuch anrufen können?"

Evi nickte.

„Und genau in dem Moment, als ich zum Hörer griff, ging das Licht aus." Peter schluckte und rang nach Luft. Schließlich flüsterte er: „Ich griff in etwas warmes, weiches, so dass ich meine Hand schnell zurückzog." Voller Entsetzen schüttelte er sich. „Und dann war so ein schreckliches Geräusch, weißt du, als wenn etwas dumpf zu Boden fällt und dabei wie ein Monster bedrohlich faucht."

Entsetzt schreckte Evi zurück, drückte sich aber sofort wieder ganz eng an Peters Schulter. Am liebsten hätte sie wie ein kleines Kind geweint und sich irgendwo verkrochen, wo sie keiner findet. Doch das ging nicht. Sie saßen hier im finsteren Wald in einem kaputten Auto und konnten nicht weg. Sie waren verloren. Es gab nichts, was sie tun konnten.

Ängstlich schaute sie zum Haus hinüber. Dort öffnete sich in diesem Moment langsam die Tür. Im Lichtkegel erkannte sie eine dunkle Gestalt, die langsam heraus kam und geradewegs auf ihren Wagen zusteuerte. Evi spürte kalte Schauer über ihren Rücken laufen. Sie zitterte am ganzen Körper und deutete stumm hinaus.

Hektisch versuchte Peter erneut, den Motor zu starten. Vergebens. Sie verriegelten eilig die Türen, doch das würde nichts nützen. Ihre Lage war aussichtslos. Sie saßen fest und waren dem unheimlichen Fremden hilflos ausgeliefert.

Schon klopfte es hart gegen die Fensterscheibe. Eine weißblaue, durchsichtige Hand mit dünnen Knochen trommelte gegen das Glas. Die jungen Leute bewegten sich nicht und wagten kaum zu atmen. Schließlich hielt die unheimliche Gestalt eine Laterne gegen ihr Gesicht. Es war ein sehr altes Gesicht mit vielen Falten und tiefliegenden, aber freundlichen Augen.

Peter schämte sich, denn dieser alte Mann konnte ihnen wirklich nichts antun. Er öffnete rasch die Wagentür, grüßte und erklärte kurz die Situation. Der Alte brummte etwas, wies dann mit seinem Arm auf das Haus und schlurfte davon. Nach wenigen Schritten drehte er sich um und winkte, ihnen zu folgen.

Peter zögerte. Er wollte dieses unheimliche Haus auf gar keinen Fall noch einmal betreten.

„Das ist eine Falle", flüsterte er Evi zu.

„Dann lass uns weglaufen", gab sie ebenso leise zurück.

„Wollten Sie nicht telefonieren?" Der Mann winkte ihnen nochmals zu und zeigte auf das kleine Haus. „Mein Telefon steht da drinnen."
Peter gab sich einen Ruck. Eigentlich glaubte er nicht an Spuk und Gespenster. Wer weiß, was er gesehen hatte. Das würde sich alles aufklären. Trotzdem blieb er neben dem Auto stehen, atmete tief durch und griff nach Evis Hand. Er musste sie beschützen, obwohl ihm gar nicht klar war, wovor er sie beschützte. Irgendwie war es lächerlich, sich vor einem alten Mann zu fürchten. Wenn er jemals hier wieder weg kommen wollte, musste er wohl oder übel noch einmal in dieses Haus gehen. Dicht aneinander gedrängt betraten sie zögernd die Hütte.

Verwundert blickte sich Peter um. Wo war die Treppe? Und wo die vielen Leute? Sie standen in einer einfachen Bauernstube mit einem alten abgewetzten Sofa, auf dem sich eine Katze räkelte. In der Mitte befand sich ein kleiner runder Tisch mit drei altmodisch geschwungenen Holzstühlen. Auf dem Herd in der Ecke pfiff ein blecherner Teekessel. Der alte Mann holte drei Tassen aus einem Spind und wies stumm auf die Stühle.
„Hatten Sie etwas anderes erwartet als meine karge Stube?" Die Stimme des Alten klang fast

vorwurfsvoll. „Ein Palast ist es jedenfalls nicht."
Die Augen des Alten blitzten auf und um seinen Mund zuckte es spöttisch.

Peter war völlig verwirrt und verstand überhaupt nichts mehr. Er erinnerte sich haargenau an jede Einzelheit bei seinem ersten Besuch in diesem Haus.

Aus einer Kanne goss der Alte Tee durch ein Sieb und füllte die drei Tassen. „Tee aus China", erklärte er und zwinkerte Peter zu. Dann forderte er mit fester Stimme: „Trinken Sie! Oder glauben Sie etwa, der Tee ist vergiftet?"

Die jungen Leute fühlten sich nicht wohl in ihrer Haut. Der Mann wirkte alt und gebrechlich, gab sich freundlich und gleichzeitig erinnerte er mit seinen Bemerkungen an alles, was Peter hier drin erlebt zu haben glaubte.

„Wollten Sie nicht den Pannendienst rufen?"
Peter nickte.

„Sie wissen doch, wo mein Telefon steht."

Nun zuckten beide zusammen. Obwohl Peter befürchtete, dass gleich wieder das Licht ausgeht und etwas Schreckliches passiert, lief er hastig die wenigen Schritte bis zum Telefon und wählte 110.

„Polizeistation 11, Wachtmeister Weigelt. Von wo rufen Sie?"

Peter stotterte etwas von Wald und Hütte und altem Mann und Chinesen in die Muschel.

„Ach so, beim China-Bob sind Sie? Hat Sie der alte Teufel erschreckt? Nur ruhig Blut, junger Mann!" Der Wachtmeister lachte. „Wissen Sie, der alte Bob verkleidet sich gern als Chinese und macht sich einen Spaß daraus, die Fremden zu ärgern. Er ist Künstler und baut die Bühnendekorationen für unser Landtheater. Verstehen Sie?"

Urlaub am Meer

„Schau, Schatz, das Meer!" Begeistert wirft Dieter beide Arme in die Luft.
Jetzt jubelt der schon wieder! Logisch ist dort das Meer. Überall hier ist das Meer, mehr Meer als ich verkraften kann. Fuerteventura ist so winzig, dass man fast von jeder Stelle aus das Meer sehen kann.
Ich hasse das Meer! Und ich hasse diesen Urlaub. Inseln hasse ich ganz besonders. Auch den Strand. Und vor allem das viele Wasser. Wie konnte ich mich nur zu dieser Reise überreden lassen? Ein Glück, dass jetzt Januar ist und kein Sommer. Bei gerade mal zwanzig Grad Lufttemperatur hat nicht einmal Dieter Lust, sich von morgens bis abends an den Strand zu legen. Mir wird richtig übel, wenn ich an den Strand denke. Wie sich die Leute voller Öl schmieren und sich so fettig glänzend direkt in die Sonne legen und braten. Braten ist das richtige Wort. Wie ein Schnitzel in der Pfanne liegen sie im Sand und drehen sich auf die andere Seite, damit auch diese braun wird. Oder rot. Das sind dann meist Engländer. Aber die liegen selten am Strand. Sie halten sich lieber am Pool auf. Die Neuen sind weiß wie

Frischkäse und schon am ersten Tag rot wie ein gebrühter Krebs. Gesund kann das nicht sein. Und schön sowieso nicht.
Für mich ist das schönste an diesem Urlaub das Frühstück. Das nehmen wir jeden Morgen in einer der englischen Anlagen ganz in der Nähe unseres Appartements ein. Dort gibt es Eier mit Speck, Tomaten, Würstchen, Bohnen, verschiedene Arten Müsli und Toast mit Marmelade. Einfach köstlich!
Das Mittag dagegen kann man in englischen Anlagen komplett vergessen. Der Koch sagte uns, dass Gemüse, Fleisch und Bier mehrmals in der Woche direkt von England angeliefert wird. Das verstehe ich nicht. Und es schmeckt auch nicht. Alles irgendwie fade und wässrig.

Wir haben uns ein Auto gemietet und fahren eine schmale Straße entlang. Die Gegend ist kahl. Mich erinnert alles an die Kohlenhalden bei uns im Ruhrgebiet. Wobei diese grüner sind und es im Gegensatz zu hier Bäume gibt. Bäume vermisse ich am meisten.
„Du sagst gar nichts, Schatz. Siehst du das herrlich glitzernde Wasser nicht?"
„Natürlich sehe ich das Wasser. Es gibt nichts anderes zu sehen als Wasser", entgegne ich mürrisch.

Doch Dieter hat Recht: es sieht hübsch aus, wie das blaugrün leuchtende Wasser in der Sonne glitzert. Wie auf einer Postkarte.

„Willst du hinfahren?", frage ich und hoffe, dass Dieter dazu keine Lust hat.

„Habe ich auch schon überlegt."

„Willst du nun oder nicht?"

„Wäre nicht schlecht."

„Heißt das JA?" Ich atme aus. Nur jetzt keinen Streit. „Schau! Hier ist ein Abzweig. Hier kannst du reinfahren."

„Hier?" Dieter fährt weiter. „Soll ich wenden?"

„Nein. Wir finden einen anderen Weg."

Keine zwei Minuten später führt ein Schotterweg direkt zum Strand, der gut hundert Meter unter uns liegt. Dort stehen mehrere Autos, keine Geländewagen. Also dürfte dieser steinige Weg kein Problem für unseren kleinen Fiesta werden.

Endlich sind wir unten. Leute sehen wir keine, nur kleine Steinhaufen. Als wir näher kommen, entpuppen sich diese Haufen als Strandburgen, in denen Paare geschützt vor dem Wind liegen. Wir wählen ein solches Nest direkt an der schwarzen Steilwand. Dort liegen wir etwas erhöht und können die ganze Bucht überblicken. Mir gefällt der Platz.

Ich packe unsere Handtücher und mein Buch aus, meine Schuhe und die Jeans lege ich auf die Steine. Dieter zieht sein T-Shirt aus und wirft es zur Seite.
„Kommst du mit ins Wasser, Schatz?"
„Nee, wirklich nicht."
Glaubt er wirklich, ich gehe freiwillig ins Meer? Ganz sicher nicht.
Dieter geht langsam über die Steine in Richtung Wasser. Ich freue mich auf mein Buch. Die Geschichte ist spannend: zwei Franzosen reisen allein durch Tibet, die Mongolei und China. Das wäre mal ein Abenteuer ganz nach meinem Geschmack. Die würden nicht stundenlang am Strand herumliegen wie wir.

Auf einmal wird es lebhaft am Strand. Große Gruppen halbnackter Leute laufen vorbei. Sie kommen alle von rechts und gehen nach links. Merkwürdig. Ich schaue ihnen nach und entdecke in der Ferne ein Hochhaus. Sicher ein Hotel. Mittagszeit. Schön, dann haben wir den Strand für uns allein.
Dieter kommt zurück. „Das Wasser ist kalt."
Ich werfe ihm sein Handtuch zu und stehe auf.
„Wollen wir ein Stück gehen?"
Dieter verzieht das Gesicht, rubbelt sich in Ruhe ab und setzt sich auf mein Handtuch.

„Ich muss mich bewegen." Schnell steige ich in meine Jeans und kremple die Beine hoch. Meine Schuhe binde ich an den Senkeln aneinander und werfe sie mir über die Schulter.

„Bleibst du hier bei den Sachen oder kommst du mit?"

Dieter rümpft die Nase. „Wo willst du denn hin?"

„Da lang!" Ich zeige nach rechts. „Von dort kamen vorhin so viele Leute. Mal schauen, was da los ist."

Dieter zuckt die Schulter und schaut mich an. Er lächelt. Langsam verliere ich die Geduld. Hoffentlich merkt er das nicht. Sonst fragt er tausend sinnlose Dinge, die mich nur ärgerlich machen. Warum ich immer so unruhig wäre. Warum ich nicht abwarten kann. Was ich mir vorstelle.

So ruhig wie möglich sage ich: „Vielleicht gibt es dort was zu essen?"

„Hast du Hunger?"

Eigentlich bin ich noch pappesatt vom Frühstück. Aber wenn ich ihm das sage, geht die Fragerei weiter. Also antworte ich: „Ja, mächtig. Soll ich dir was mitbringen?"

„Glaubst du wirklich, dass es dort was zu essen gibt? Ist doch nichts zu sehen."

„Keine Ahnung. Ich werde einfach mal nachschauen."

Und schon laufe ich los.

„Warte!"
Na endlich! Schnell greife ich nach den Strandtüchern, schüttle sie aus und stopfe sie in den Rucksack. Dann knote ich auch für Dieter die Schuhe zusammen und reiche ihm den Rucksack und seine Jeans.
Wir laufen direkt am Wasser entlang. Aus dem Meer schauen großen schwarze Felsen, auf denen Kinder spielen. Der Steilhang reicht an einigen Stellen direkt bis ans Wasser. Die Wellen spritzen meine Jeans nass. Dann stehen wir vor einer kleinen Holzhütte, ringsum eine Veranda voller Tische. Ein Strandlokal. Wir entdecken einen freien Tisch für uns. Es gibt keine Speisekarte. Wer essen will, erhält fangfrischen Fisch, Salat, Knoblauchbrot und Wein. Einfach himmlisch!
Der Wind frischt auf. Wir trinken noch einen Kaffee, bezahlen und laufen zurück zum Auto.

Das heißt, wir wollten zurück zum Auto. Aber irgendetwas ist anders.
„Du liebe Zeit, wo ist denn der Strand hin? Hier kommen wir nicht weiter."
„Was meinst du, Schatz?"
„Schau doch! Dort auf dem Felsen haben vorhin die Kinder gespielt. Jetzt ist er weit im Wasser."
„Ach, wir sind auch durchs Wasser gelaufen."

„Stimmt. Aber jetzt wird der Felsen fast überspült."

„Rede keinen Unsinn, komm einfach weiter! Es wird schon gehen."

Es geht nicht. Die Wellen schlagen mannshoch gegen den Steilhang, wo wir vor gut einer Stunde vorbei gelaufen sind. Wir müssen schnell zurück zum Lokal. Aber das ist in der nächsten Bucht und die Wellen schwappen gegen deren Rand. Dieter packt meine Hand und rennt los. Wir klettern über einen großen Stein am Ufer und müssen schließlich ins Wasser springen. Es ist nicht tief, aber es drückt mich gegen die harte Felswand. Dieter umfasst meine Taille und hebt mich zur Seite. Nun stehen wir nur noch knietief im Meer und sind in wenigen Schritten am Strand. Nass, aber glücklich.

Der Schreck sitzt uns in allen Gliedern, trotzdem lachen wir und lassen uns in den Sand dicht neben dem Lokal fallen. Die Leute auf der Terrasse beobachten uns. Wir winken ihnen kurz zu und gehen weiter. Aber wohin? Da entdecke ich einen schmalen Pfad hinauf auf den Steilhang. Die Richtung stimmt. Dort ungefähr könnte unser Mietauto stehen.

Der Weg wird immer steiler und windet sich zwischen hüfthohem Gestrüpp immer weiter nach oben. Dann haben wir freie Sicht über die gesamte Bucht. Sie ist wunderschön. Wir stehen oben und versuchen, den Weg zu erkennen, den wir unten am Strand zwischen den Felsen gegangen sind. Aber alles ist komplett unter Wasser oder von den Wellen umspült.

Hier oben sind wir in Sicherheit. Aber der schmale Weg ist zu Ende. Ratlos schauen wir uns an. Wir könnten die Sanddüne hinunter rutschen, die sich vor uns ausbreitet. Aber wenn sie nun direkt im Wasser endet? Wir wollen keinesfalls wieder von Wasser eingeschlossen sein. Wann geht das Meer zurück? In sechs Stunden? Oder sind es nur noch vier? Dieter schaut auf seine Uhr. Dann wäre es 20 Uhr und noch hell genug, um das Auto zu finden. Und wenn nicht? Vielleicht hat das Meer das Auto längst verschluckt?

Ziemlich ratlos sitzen wir im Sand und wissen nicht, worüber wir reden sollen. Da tauchen vor uns zwei Köpfe auf. Ein älteres Paar klettert die Düne hinauf und kommt direkt auf uns zu.

Schnell stehen wir auf und gehen ihnen entgegen. Mit Händen und Füßen, in deutscher und englischer Sprache versuchen wir zu erfahren, ob wir hier gefahrlos nach unten können. Die Frau lacht und zeigt aufs Meer, der Mann geht einfach weiter.

Uns bleibt nichts anderes übrig, als ihren Spuren die Dünen abwärts zu folgen. Nach einer Stunde stehen wir unten. Die Bucht ist zwar völlig überspült, aber am Rand ist Platz genug, um an den Steinen entlang einen Weg zum Ausgang zu finden. Nun entdecken wir auch das Auto. Es steht unbeschädigt neben zwei anderen Fahrzeugen und zum Glück viele Meter vom Meer entfernt. Wir fallen uns in die Arme und reden noch lange über dieses Abenteuer.

Angela und Europa

„Ich freue mich wahnsinnig auf meinen Geburtstag."
Angela strahlte über das ganze Gesicht. Überrascht schaute Heike ihre Freundin an.
„Wieso? Der ist doch längst vorbei. Fast ne ganze Woche."
„Ach, den meine ich nicht. Ich rede von meinem achtzehnten, verstehst du?"
„Ach so."
Heike löffelte weiter in ihrem Eisbecher und beobachtete die Jungs aus der zehnten Klasse, die drei Tische entfernt saßen. Es interessierte sie nicht im geringsten, was ihre Freundin an ihrem 18. Geburtstag wollte. Bis dahin waren noch vier lange Jahre Zeit. Im Moment interessierte sie vielmehr, wie sie es anstellen könnte, den blonden Jürgen aus der 10a auf sich aufmerksam zu machen.
„Du hörst mir doch gar nicht zu!" Ärgerlich stieß Angela ihre Freundin am Ellenbogen.
„He! Bist du verrückt? Mein schönes Eis!"
Heike nahm ihre Serviette und deckte sie über den Klecks auf der Tischdecke. Dann schob sie ihren Stuhl zurück und schaute suchend über ihre Kleidung.

„Uff, nix auf den neuen Rock gekleckert. Hätte schönes Theater gegeben daheim."

„Tut mir leid", lenkte Angela ein. Sie schob ihr halbleeres Milchglas in die Tischmitte und rückte näher an die Freundin. Bedeutungsvoll senkte sie die Stimme: „Genau zu meinem 18. bekomme ich mein Abi."

„Hm. Und weiter?"

„Ich packe mein Abi und ein paar Klamotten in den Rucksack und ab geht's."

Heike lutschte langsam ihren Eislöffel ab.

Angela knuffte sie. „Nun sag schon, was mach ich dann?" Erwartungsvoll schaute sie ihre Freundin an und schnippte ungeduldig mit dem Finger. „Na?"

„Ferien natürlich."

„Quatsch! Abhauen werde ich. Und zwar für immer."

Heike vergaß ihren Eisbecher. Abhauen, das war mal was anderes. Einfach alles stehen und liegen lassen und den ganzen Ärger mit den Eltern und der Schule vergessen. Dann besann sie sich: „Und dein Studium?"

Angela zuckte gelassen mit der Schulter. Sie hatte sich alles ganz genau überlegt. „Studium? Wozu? Ich arbeite und lebe – wie jeder andere Mensch."

„Und was willst du arbeiten? Hast ja nix gelernt."

„Sekretärin vielleicht. Warum nicht? Ein bisschen tippen, freundlich lächeln, ab und zu Kaffee kochen und telefonieren. Was gibt´s da viel zu lernen? Oder Hotelchefin."

„Meinst du? Vielleicht kriegst du gar keine Stelle. Bei den vielen Arbeitslosen."

„Ach was, die zählen nicht. Weil – die sind doch alle viel älter. Keine Firma will so alte Leute mit dreißig oder so haben."

„Was heißt hier alte Leute um die dreißig? Nach deinem Studium bist du auch fast so alt."

„Eben. Dann wäre ich alt und nicht mehr flexibel. Junge Leute mit achtzehn sind gefragt. Glaube mir!" Angela schaute ihre Freundin triumphierend an.

„Und deine Eltern? Was sagen die dazu?"

„Weiß ich doch nicht. Interessiert mich auch nicht. Wenn ich achtzehn bin mache ich sowieso, was ich will." Angela zog die rechte Schulter hoch und schloss siegessicher die Augen.

Heike rührte in ihrem Eis. Die Sorten vermischten sich. Durch die Vanille zogen Himbeerspuren, am Rand lief die braune Schokofarbe in die letzten Reste vom Kokos-Weiß. Sie überlegte, ob ihr Angelas Idee gefiel oder Angst machte. Vorsichtig erkundigte sie sich: „Und wo willst du hin?"

„Paris natürlich. In die Stadt der Liebe." Angela verdrehte verzückt die Augen.

„Clever gewählt", gab Heike zu. „Französisch lernst du in der Schule."

„Eben. Und die Franzosen haben die Arbeit nicht erfunden – sagt jedenfalls mein Vater. Na, mir soll´s recht sein. Die Franzosen leben allein für ihr Vergnügen. Und ...", Angela hob ihren Zeigefinger, „außerdem bin ich blond." Triumphierend schaute sie ihre Freundin an.

Doch Heike lachte. „Na und? Du hast Locken! Die mögen glatte braune Haare bis zur Schulter." Gekonnt schnippte sie mit der Hand ihr Haar nach hinten und fügte hinzu: „Wie meine." Dann seufzte sie: „Ja, Paris ist ein Traum." Sie angelte ein Stückchen Ananas aus ihrem Becher und zerkaute es langsam. „Meine Mutter liebt die französische Küche über alles."

Angela verzog den Mund. „Bäh, an das Essen habe ich gar nicht gedacht. Furchtbar!"

„Wieso? Meine Mutter sagt, es wäre das beste Essen der Welt. La Bouche ist ihr Lieblingslokal."

„Ja, hier in München. Das wundert mich nicht, denn da sitzen nur Deutsche. Und die benehmen sich und krümeln nicht wie der Franzose den Tisch mit Weißbrot voll. Das ist eklig." Angela verzog den Mund, als würde ihr schlecht. Sie stocherte mit ihrem Trinkhalm auf

einem unsichtbaren Teller und schimpfte: „Qu´est cela done? On ne peut pas manger cela!"
Heike lachte und ergänzte mit empörter Stimme: „Je dois immédatement parler avec lui bous!"
Die Mädchen kicherten.
„Und dann dieser Gestank!"
„Was?" Heike begriff nicht.
Angela lehnte sich zurück und zog am Trinkhalm, als wäre er eine Zigarette. „Na, die Franzosen rauchen doch immer. Sogar während der gesamten Mahlzeit."
Heike schüttelte sich.
„Außerdem ist das Essen fast roh."
„Du spinnst!"
Angela kratzte mit dem Eislöffel in ihrem Milchglas, obwohl es längst leer war. Sie überlegte, ob sie sich noch einen Bananen-Shake oder lieber eine Schoko-Milch bestellen sollte. Sie hatte noch ganze sieben Mark 40 in der Tasche. Aber heute war erst Montag – eine verdammt lange Zeit bis zum nächsten Taschengeld. Dann erklärte sie: „Überlege mal, wie die immer ihre Teller dekorieren."
„Sieht doch toll aus."
„Schon. Aber kannst du normales, gar gekochtes Gemüse so drapieren?" Sie zog ihren imaginären Teller heran und spreizte ihre Finger. „Drei einzelne Erbsen, ein halbiertes

Champignon-Köpfchen, ein Spritzer Soße, vier winzige disques de pommes de terre … Nein, ich will keine Deko bestaunen, sondern satt werden." Angela schob den unsichtbaren Dekoteller energisch von sich und beschloss: „Nein, Paris ist nicht der passende Ort für mich."

„Aber", Heike riss die Augen auf und vergaß ihre bunte Eissoße, „wo willst du dann hin?"

„Weiß nicht."

Unbesorgt zuckte Angela die Achseln. Sie hatte Zeit. Ihr Vater sagte immer: „Kommt Zeit – kommt Rat." Gelassen beobachtete sie den Jungstisch. Der blonde Jürgen war kein übler Typ. Doch Angela stand auf die Dunklen, die mit den feurig braunen Augen und den schwarzen Haaren. Leider waren hier die meisten Jungs Mischwerke: weder blond noch schwarz, weder hell noch dunkel. Nichts für Angela.

„Ich hab´s!" Heike knuffte die Freundin derb in den Oberarm. „Du gehst nach London. Da hast du immer viel zu lachen."

„Au ja! London ist witzig. Diese lustigen, alten Taxen und die ulkigen roten Doppeldecker-Busse..."

„Genau. Und die Leute! Die ziehen sich viel auffälliger, peppiger an als die Münchner. Ganz bunt! Nicht nur die Klamotten, auch die Haare. Das habe ich hier noch nie gesehen."

„Und sie machen immer ein ernstes Gesicht – auch, wenn sie Witze erzählen."

„Ja, London ist ideal.

„Und Englisch kann ich sowieso."

„Genau."

„Ach, wenn ich an die verrückten kleinen Läden denke!" Angela verdrehte verzückt die Augen. „Wir hatten echt den Kaufrausch. Sogar mein Vater war voll begeistert. Warst du schon mal in London?"

„Ja, aber nur kurz, als wir Urlaub in Norwich machten." Unvermittelt änderte sich Heikes Stimmung. „Die totale Pleite. Ich bin dort fast verhungert."

„Wieso? War das Essen so mies?"

„Furchtbar – völlig ohne jeden Geschmack. Das hätte ich noch ertragen, aber wir verpassten ständig die Zeit."

„Das verstehe ich nicht."

„Mittag kannst du nur von zwölf bis zwei bekommen. Das haben wir selten geschafft. Und ab 14 Uhr ist jedes Lokal geschlossen. Also fast jeden Tag pappige Fish-and-Chips aus der Hand an irgendeiner Imbissbude. Bäh."

„Und abends?"

„Keine Ahnung. Abends durften Kinder in keinen Gasthof rein. Wir haben meist ein

matschiges Sandwich gekaut oder von den Wirtsleuten ein Stück Cake bekommen. Kuchen kannst du das Zeug wirklich nicht nennen. In den zehn Tagen habe ich vier Kilo abgenommen. Meine ersten weiblichen Ansätze waren sofort futsch."
Heike setzte sich aufrechter hin und drehte ihren Oberkörper hin und her. Angela lachte. Jetzt wäre ein England-Urlaub ganz gut für Heikes üppige Figur.
„Die Probleme hatten wir in London nicht."
„Noch schlechter als das Essen ist das Wetter. Viel zu kalt und jeden Mittag Regen. Baden kannst du dort auch nicht. Das Meer ist einfach zu kalt. Nee, wir müssen was anderes überlegen."

Heike bestellte sich noch einen gemischten Eisbecher. Auch Angela vergaß ihre Spar-Gedanken und entschied sich für die Schoko-Milch. Sie wippte mit dem Stuhl und drehte mit dem Zeigefinger Spiralen in ihre langen Haare. Die Mädchen dachten nach. Das Land müsste warm und sonnig sein, nette Leute und gutes Essen haben und außerdem ein Meer zum Baden.
„Geh doch in die Schweiz!"
„Himmel! Nein!"

„Wieso nicht? Ihr fahrt doch jedes Jahr dorthin. Ich dachte, dort gefällt es dir."
„Zum Schifahren schon. Aber im Sommer ist es langweilig. Immer das Gelatsche bergauf und bergab. Außerdem gibt es in der Schweiz kein Meer. Nicht einmal ein kaltes wie in England. Aber das allerschlimmste daran ist meine Mutter." Angela verdrehte die Augen, während Heike ihre Freundin fragend anschaute. „Meine Mutter hat einen Alpentick. Wenn es nach ihr ginge, würde sie an jedem Wochenende und in jedem Urlaub in Österreich bergwandern."
„Du liebe Güte! Die wäre imstande und reist dir nach. Da kannst du auch gleich hierbleiben."
„Genau."
„Dann geht's nicht." Das sah Heike ein.

Plötzlich hellte sich ihre Miene auf. „Spanien! Du gehst nach Spanien!" Sie freute sich über ihre Idee. „Da hast Du Meer und Sonne. Spanisch brauchst du nicht zu lernen, weil dort sowieso jeder Deutsch spricht."
„Stimmt." Begeistert rührte Angela in ihrer Schoko-Milch. Genauso herrlich schokobraun würde sie aussehen, das ganze Jahr über. Sie könnte Touristen bedienen, vielleicht Eis servieren. Das wäre leicht. Und dabei schnell richtig reich werden. Sie schwärmte: „Ich hätte eine traumhafte Villa direkt am Strand mit

einem riesigen Swimmingpool wie im letzten Urlaub." Dann fiel ihr noch etwas ein. „Und ich würde den Touristen Flamenco-Unterricht geben."

„Kannst du das denn?", wollte Heike überrascht wissen.

„Ist doch nicht schwer. Stell dir vor, wie ich mich in so einem wunderschönen bunten Kleid auf der Bühne drehe. Mein Partner kniet mir zu Füßen und klatscht dazu im Takt. Und dann der tosende Beifall der Zuschauer." Angela schloss die Augen und stellte sich vor, wie sie von allen bewundert wurde. Sie überlegte, ob sie huldvoll lächeln oder mit stolz erhobenem Kopf von der Bühne steigen sollte, ohne einen einzigen der vielen Verehrer zu beachten. „Himmlisch!" Sie warf die blonden Locken mit Schwung in den Nacken und stemmte beide Fäuste in die Hüften. „Ich könnte nächtelang tanzen."

„Tanzen? Richtig tanzen ist das nicht. Beim Flamenco trampelt man doch nur so mit den Füßen auf."

Heike stand auf und stampfte mit den Füßen. Die Jungs schauten herüber.

Angela lachte: „Du siehst eher wie meine kleine Schwester aus, wenn sie wütend wird."

Jetzt lachte auch Heike, obwohl sie ganz rot im Gesicht war. Schnell setzte sie sich wieder hin und wagte einen kurzen Blick rüber zu den

Jungs, die sich offensichtlich über ihre Tanzeinlage amüsierten.
„Immerhin werden dir wirklich die Männer zu Füßen liegen. Aber es wird dir nichts nützen."
„Wieso?"
„Die Spanier sind katholisch."
„Na und? Ich auch."
„Aber ganz anders. Die Spanier werden dich anbeten – aber nur aus der Ferne."
„Quatsch."
„Ich glaube nicht, dass die Spanier eine Tänzerin heiraten würden."
„Ich will gar nicht heiraten!", empörte sich Angela.
„Jetzt nicht, aber mit zwanzig oder so bestimmt." Heike kicherte.
So weit voraus mochte Angela nicht denken. Außerdem gefiel ihr Spanien gar nicht mehr.

„Wenn du auf Komplimente stehst, kommen nur Italiener in Frage."
„Italien!" Angela jubelte. Natürlich. „Dass ich nicht gleich drauf gekommen bin." Sie klatschte begeistert in die Hände. „Italien ist genial! Dort gibt es alles! Sonne, Meer, Berge und traumhafte Männer."
Die Mädchen kicherten.
„Kennst du den André aus der elften?"
„Der Dunkle mit den tollen Klamotten?"

„Genau. Der ist Italiener. Und genauso sehen ALLE Italiener aus." Angela schaute verträumt in die Luft und schwärmte: „Schwarze Locken, braune Augen und dann noch tolle Klamotten."

„Die Mädchen aber auch. Die laufen nicht im Schlabberlook herum, sondern tragen hübsche bunte Kleider. Kein Wunder, dass die Italiener so gern flirten und Komplimente machen."

„Ja, die haben einen supertollen Geschmack."

„Apropos Geschmack: wie findest du die italienische Küche?"

„Mh! Hör auf! Mir läuft gleich das Wasser im Mund zusammen."

„Stell dir vor, du kannst jeden Tag Spaghetti essen, Tiramisu und leckeres Eis ohne Ende!"

„Komm, wie gehen!"

„Wohin denn?"

„Na, in die Schule!" Angela packte ihre Freundin am Handgelenk und zog sie zur Tür hinaus. „Ich muss sofort nachsehen, wann der nächste Italienisch-Kurs beginnt."

Eine verhängnisvolle Diagnose

„Mami, heute war die Tante Doktor im Kindergarten."
Brigitte schaute von ihrer Arbeit auf. „Nanu, seid ihr geimpft worden?"
„Nee, die Tante Doktor hat nur alle abgehorcht, weiter nichts." Michael strahlte. „Nur bei mir wars anders."
„So?"
„Ja, mich hat sie drei Mal untersucht und auch viel gefragt."
Hellhörig geworden legte Brigitte das Küchenmesser beiseite und trocknete sich die Hände ab. „Was wollte sie denn wissen?"
„Na, ob ich immer noch so viel schlafe und so wenig esse und so."
Brigitte setzte sich auf den Stuhl und nahm den Vierjährigen auf den Schoß. „So, mein Schatz, nun erzähle der Mami mal alles ganz genau!"
Michael baumelte mit den Beinen und überlegte. Plötzlich fiel ihm etwas wichtiges ein und er rannte aus der Küche. Sogleich kam er mit seiner Brottasche unter dem Arm zurück und schüttelte sie.
„Hörst du? Da ist was drin."

Brigitte seufzte. Sicher hatte er sein Brot wieder nicht aufgegessen.

„Ein Brief ist da drin. Von der Tante Doktor."

Hastig nahm Brigitte die Tasche an sich und suchte den Brief, während Michael munter weiterplapperte: „Nur für mich gab´s so einen Brief, für mich ganz allein."

Schließlich entdeckte sie einen zerknitterten grauen Zettel und las: „Michael umgehend zum Urintest in die Poliklinik." Keine weitere Erklärung, keine Unterschrift.

Rasch lief sie ins Wohnzimmer, wo ihr Mann die Zeitung las.

„Friedl! Micha soll in die Poliklinik zur Untersuchung. Schau!" Aufgeregt hielt sie ihrem Mann den Zettel vor die Nase.

„Nicht so dicht! So kann ich´s nicht lesen."

Umständlich wischte er mit seinen großen Händen über die Hose. Das tat er immer, bevor er ein Papier anfasste. Besorgt schauten sich die Eltern an. Friedl stand ächzend auf, hockte sich vor den alten Kachelofen, öffnete die Ofentür und legte einige Briketts nach.

„Nun sag doch was!" Ungeduldig stand Brigitte hinter ihrem Mann und fuchtelte mit dem Brief.

„Was gibt's da zu sagen?" Friedl konzentrierte sich auf die Ofentür, schloss endlich den Eisenriegel und schraubte ihn bedächtig fest.

„Du hast doch selbst gelesen, dass er zum Urintest kommen soll", brummte er.
„Aber warum?"
„Warum, warum. Was weiß denn ich? Bin schließlich kein Doktor. Die Ärztin im Kindergarten wird schon wissen, wozu der Urintest gut ist."
„Aber ..."
„Kein Aber, gleich morgen Früh geh ich direkt von der Nachtschicht zur Poliklinik und melde den Jungen an. Dann werden wir ja sehen, was passiert."

Nach langem Warten erhielt Friedl in der Anmeldung der Poliklinik einen Zettel mit einem Datum: „Di, 03.05.83, 6:30 Uhr, Zi 31, nüchtern."
„Fräulein! Ein Schreibfehler. Statt der Fünf muss sicher eine Vier stehen." Friedl reichte den Zettel durch einen Spalt in der Glasscheibe zurück.
„Nein, hat alles seine Richtigkeit. Der Termin stimmt und ist eingetragen."
„Aber ... - das ist erst in zwei Monaten!"
„Ja und? Der Nächste!"
Zaghaft klopfte Friedl noch einmal gegen die Scheibe. „Fräulein, bitte."
Die junge Frau schaute nicht von ihren Papieren auf.

„Geht es nicht etwas eher? In zwei Wochen vielleicht?"

„Hören Sie! Wenn es in zwei Wochen ginge, hätte ich ein anderes Datum aufgeschrieben." Ihre Stimme klang verärgert. „Es geht aber nicht."

„Und warum? Ich meine, vielleicht ist diese Untersuchung für meinen Jungen wichtig."

„Natürlich ist sie wichtig. Ich habe einen Vermerk, dass die Laborergebnisse sofort von der Ärztin eingesehen werden müssen. Und wir haben nur diese eine Ärztin für solche Fälle."

„Für solche Fälle? Für welche Fälle denn? Was ist denn mein Junge für ein Fall? Und zu welcher Ärztin müssen die Ergebnisse?"

Die junge Frau runzelte die Stirn. Dieser aufdringliche Mann hielt sie von der Arbeit ab. „Sie wollten einen Termin und sie haben einen Termin. Vor dem dritten Mai ist kein anderer frei. Gehen Sie endlich zur Seite, damit die anderen Leute nachrücken können!"

Pünktlich um 6:30 Uhr standen Brigitte und Michael im Warteraum. Die wenigen Sitzplätze waren längst besetzt. Ihr Magen knurrte laut. Michael jammerte: „Ich habe Durst."

Aber Brigitte wusste nicht, ob Trinken erlaubt war, wenn ausdrücklich ein nüchterner Magen verlangt wurde. Also standen sie an die Wand gelehnt und warteten. Sie warteten lange.

„Michael Lehmann!"

Brigitte übergab das Kind einer Krankenschwester. Sie selbst durfte nicht mit ins Sprechzimmer. Draußen auf dem überfüllten Gang hörte sie, wie Michi aufschrie und dann bitterlich weinte. Am liebsten wäre sie hineingelaufen. Aber das ging natürlich nicht.

11:40 Uhr. Ab und zu hörte sie Michael leise wimmern. Was konnten sie da drinnen hinter verschlossenen Türen alles tun mit einem so kleinen Jungen?

Endlich kam er heraus, schaute seine Mutter nur kurz mit großen, rotgeweinten Augen an und drehte sich im gleichen Moment weg. Rasch nahm sie das schluchzende Kind auf den Arm und wiegte es beruhigend hin und her.

„Ist gut, Schatz. Nun ist alles vorbei, mein großer tapferer Junge."

Sie drückte den Kopf des Jungen sanft an ihre Schulter und lief den langen Gang hin und her, hin und her. Nach Hause durften sie ohne Erlaubnis der Schwester nicht. Die Tests mussten erst ausgewertet und von der Ärztin eingesehen werden.

„Na, was meinst du, was werden deine Freunde im Kindergarten jetzt machen? Sicher

Mittagsschlaf, nicht wahr? Du hast es gut, du brauchst heute Mittag nicht zu schlafen."

„Lass mich in Ruhe! Mit dir rede ich nicht mehr."
„Aber warum?"
„Du hast mich angelogen." Michael schob die Unterlippe vor. Er schniefte.

„Aber Michael!" Brigitte nahm ein Taschentuch und wischte ihm die Tränen ab.

„Du hast gesagt, ich muss nur in ein kleines Röhrchen pullern. Von den vielen Spritzen hast du nichts verraten." Michael hielt seine blau gestochenen Ärmchen in die Luft. „Du bist gemein!"

Brigitte setzte den Jungen ab und hockte sich zu ihm hinunter. „So, jetzt schau mich mal an!", bat sie. „Das mit den Spritzen wusste ich nicht. Großes Ehrenwort."

Michael überlegte.

„Und jetzt hörst du auf zu weinen! Dafür bist du schon viel zu groß."

Brigitte wusste, dass sie Unsinn redete. Sie spürte, wie verlassen und verraten sich der kleine Junge fühlte. Ihr war selbst zum Heulen zumute, aber sie musste ruhig und stark bleiben.

„Frau Lehmann?"

Rasch lief Brigitte der Schwester entgegen, die ihr einen verschlossenen Umschlag in die Hand drückte.

„Den geben Sie in der Anmeldung ab! Sie erhalten einen neuen Termin."

Die Schwester drehte sich um und schloss energisch die Tür hinter sich.

Inzwischen war es 14 Uhr. Um diese Zeit wartete nur eine kleine Schlange vor der Anmeldung. Unter dem Arm hielt Brigitte den Umschlag mit dem Untersuchungsbefund ihres Jungen. Wichtige Blätter, die das Personal höchst selten aus der Hand gab. Das passierte nur für einen eiligen Transport innerhalb des Hauses. Keiner der Patienten hatte jemals sein Krankenblatt gesehen. Allein der Arzt entschied, wann und wem er welche Informationen gab.

Am Schalter erhielt Brigitte einen Zettel: „Di, 10.06., 7 Uhr, Zi 311."

Sie freute sich, dass heute nichts mehr passierte. Sechs Wochen also bis zum nächsten Termin. Zeit genug für Michael, das unangenehme Erlebnis zu vergessen.

Die Junisonne schaute zaghaft zwischen den dunklen Wolken hindurch. Sie würde die vielen Pfützen auf der Straße schnell trocknen. Brigitte und Friedl nahmen ihren Jungen in die Mitte und schlenkerten vergnügt mit den Armen. Nur Michael war still. Still und verschlossen wie immer in letzter Zeit. Kaum entdeckte er in der Ferne das dunkle Gebäude der Poliklinik, machte er sich steif und ließ sich auf den Fußweg fallen. Er brüllte und strampelte mit Armen und Beinen. Ratlos kauerte sich Brigitte neben den Jungen und versuchte, ihn zu beruhigen. Friedl schaute sich um. Ihm war das Theater des Kleinen peinlich. Rasch hob er das schreiende Bündel auf und trug es bis zur Poliklinik.

Wieder warteten sie wie all die vielen anderen Leute stundenlang auf dem zugestopften Gang. Wieder nahm man ihnen den Jungen ab. Und wieder bemühte sich Brigitte vergebens, sein lautes Weinen zu überhören und sich einzureden, dass dies wohl alles nötig sei.

Endlich durften auch sie ins Sprechzimmer hineinkommen.

„Nehmen Sie Platz!"

Unsicher schauten sich die Eheleute um, ehe sie sich auf die beiden einzigen Stühle setzten, die mitten im Raum neben der Untersuchungspritsche standen. Friedl legte beruhigend seine große Hand auf den Unterarm seiner Frau, während sich Michael an den Rock seiner Mutter klammerte und leise vor sich hin wimmerte, ohne die Frau im weißen Kittel aus den Augen zu lassen. Ruhig schaute die Ärztin dem Jungen ins Gesicht. „Du darfst hierbleiben, wenn du die Erwachsenen ungestört reden lässt. Du kannst aber auch draußen auf deine Eltern warten."

Ohne zu zögern ließ Michael seine Mutter los und rannte hinaus. Die Ärztin schob einige beschriebene Blätter in einen grauen Aktenordner und bemerkte wie nebenbei: „Ihr Kind hat Diabetes."

Brigitte sprang von ihrem Stuhl auf. „Was heißt das? Ist das gefährlich?"

„Nun setz dich und lass die Frau Doktor erst einmal ausreden!"

Die Ärztin schaute auf. Der Mann schien ruhig und ganz vernünftig. Aber wie sollte sie der jungen Frau erklären, wie es um ihr Kind stand? Man sollte Mütter bei solchen Gesprächen nicht zulassen. Das wäre einfacher. Jetzt half es nichts, darüber nachzudenken, da beide Eltern vor ihr saßen. Sie bemühte sich um einen kühlen Ton, der leicht dozierend klang und keinen Widerspruch und keine Zwischenfrage duldete.

„Nun, gefährlich ist es nicht, zumal sich die Krankheit noch im Anfangsstadium befindet. Durch regelmäßiges Spritzen wäre ein Fortschreiten der Krankheit zu verhindern, aber ..." Sie nahm einen Bleistift zur Hand und drehte ihn langsam zwischen ihren schlanken Fingern. Sie ließ den Eltern Zeit, die erste Information zu verdauen. „Aber ich kann nicht spritzen, denn dazu brauche ich Insulin. Und ich habe kein Insulin."

Brigitte knetete rote Flecken auf ihre Hände. Friedl senkte den Kopf und fragte leise: „Warum haben Sie kein Insulin?"

„Das ist ein Kontingent-Mittel. Aus dem Ausland. Verstehen Sie? Und mein Kontingent ist ausgeschöpft. Das heißt, dass ich dem Jungen nicht helfen kann. Zumindest nicht im Moment."

„Im Moment. Ach so."

Friedl lehnte sich beruhigt zurück. An Engpässe war er gewöhnt. Mal gab es kein Klopapier, mal keine Unterwäsche. Und jetzt gab es eben kein Insulin. Die Ärztin hatte sicher ihre Beziehungen und würde dieses wichtige Medikament bald besorgen. Das war nur eine Frage der Zeit. Freundlich erkundigte er sich: „Und wann können Sie unserem Michael helfen, Frau Doktor? Ich meine, wann können Sie dieses Insulin besorgen?"

Die Ärztin stand auf und ging zum Fenster. „Überhaupt nicht. Das Mittel wird zugeteilt. Für Erkrankungen wie Diabetes gibt es nur eine einzige zentrale Behandlungsstelle im Land, über die allein die spezialisierte medikamentöse Therapie mit Importpräparaten läuft. Die Folge sind jahrelange Wartezeiten."

„Heißt das, die Krankheit wird schlimmer, wenn unser Junge das Medikament nicht bekommt?"
„Richtig."
Im Raum war es totenstill. Nur Brigittes Atmen war zu hören. Stoßweise presste sie die Luft aus der Nase, die sich weit blähte, als wäre sie viel zu klein für die Menge Luft, die hinaus wollte. Trotzdem glaubte sie, sie müsse ersticken. Ihre Hände tasteten nach dem Hals. Plötzlich sprang sie auf und rüttelte ihren Mann. „Frau Böhme! Die Nachbarin hat Diabetes, nicht wahr? Alterszucker. Ist doch dasselbe, oder? Die nimmt Insulin. Wenn wir sie fragen … Ich meine, sie ist schon über achtzig. Und unser Michi … - oh Gott, er ist nicht einmal fünf!"
Schwer ließ sie sich wieder auf den Stuhl fallen. Der Ausbruch hatte sie viel Kraft gekostet. Sie rutschte in sich zusammen und weinte leise.
Auch das noch. Die Ärztin kannte solche Anfälle. Sie hasste es, wenn sich jemand nicht beherrschen konnte. Barsch fuhr sie die junge Frau an: „Nehmen sie sich zusammen, sonst breche ich das Gespräch ab!"
Brigitte erschrak. Friedl schaute sie mahnend an und konzentrierte sich wieder auf die Ärztin, die sofort schimpfte: „Ihre Einstellung ist unmoralisch. Soll die alte Frau zugunsten eines Anderen auf ihr …", fast hätte sie *Leben* gesagt,

„... Insulin verzichten? Meinen Sie, Michael ist das einzige zuckerkranke Kind in Freiberg?" Ruhiger fuhr sie fort. „Abgesehen davon, dass die alte Dame mit Sicherheit an einer andere Form von Diabetes leidet ... Also: wenn ein Patient ...", sie zögerte und suchte nach einem passenden Wort, „... ausfällt, dann kommt nicht Ihr Kind an die Reihe. In unserem Gesundheitswesen geht es gerecht zu. Es gibt eine lange Warteliste."

Friedl verstand. Er fragte: „Wie geht es jetzt weiter?"

„Sie lassen sich einen neuen Termin geben, damit das Kind regelmäßig untersucht wird."

Brigitte lachte auf: „Wozu denn untersuchen?"

„Der Krankheitsverlauf muss beobachtet und tabellarisch festgehalten werden."

Brigitte stand hastig auf und lief zur Tür. Dort blieb sie plötzlich stehen. Leise sagte sie: „Mich interessiert Ihre blöde Tabelle nicht. Krankheitsverlauf festhalten." Sie schüttelte fassungslos den Kopf. Dann schrie sie: „Wozu denn? Wenn Sie sowieso nicht helfen können!"

Sie drehte sich um und rannte aus dem Zimmer.

In dieser Nacht schlief nur der kleine Michael. Seine Eltern saßen in der Küche und suchten verzweifelt nach einem Ausweg.

Friedl bestimmte entschlossen: „Wir müssen dieses Insulin besorgen. Koste es, was es wolle!"
„Aber woher willst du es bekommen, wenn es ein Kontingentmittel ist?"
„Wir müssen es direkt aus dem Westen beschaffen."
Direkt beschaffen klang so einfach. Dabei war es alles andere als einfach, dieses Medikament zu beschaffen. Brigitte überlegte. Sie konnten nicht einfach die Oma bitten, bei ihrer nächsten Reise nach Hamburg in einer Apotheke Insulin zu kaufen. Vielleicht gab es das nur auf Rezept. Und vielleicht gab es verschiedene Arten oder Stärken oder Mischungen von diesem Insulin. Davon hatte sie keine Ahnung. Sicher war das Medikament sehr teuer. Und Westgeld hatten sie sowieso nicht. Keiner ihrer Verwandten oder Bekannten hatte solches Geld im Hause.
„Vielleicht könnte Tante Lore aus Hamburg helfen?"
„Aber wir haben doch überhaupt keinen Kontakt zu ihr. Was soll sie denn von uns denken, wenn wir ihr plötzlich einen Wunschzettel schicken?"
„Meinst du nicht, dass sie uns versteht, wenn wir ihr alles erklären, Gitti? Sie hilft uns sicher gern."
„Kann sein. Aber es ist streng verboten, Medikamente zu schmuggeln."

„Das merkt keiner, wenn sie das Mittel zwischen Wäsche oder sonstwas im Paket versteckt."

Brigitte schüttelte den Kopf. Sie wusste, dass nahezu jeder Brief und jedes Paket aus dem Westen kontrolliert wurde. Sie hatten bisher nie Kontakt zu ihren Westverwandten gehabt und machten sich beim ersten Brief sofort verdächtig. Außerdem hatten sie beide bei ihrer Einstellung im Kombinat unterschreiben müssen, dass sie zu ihren Verwandten im kapitalistischen Ausland keinerlei Kontakt pflegen oder suchen würden.

„Wie kommt es eigentlich, dass die dort im Westen die Medikamente haben und wir nicht? Unser Gesundheitswesen ist doch vorbildlich. Und wieso können die Westler so teure Medikamente kaufen? Wir wissen doch, wie schlimm sie unter der Arbeitslosigkeit leiden. Dort wird jeder sofort entlassen, der krank wird. Außerdem müssen sie jeden Arztbesuch und jedes Medikament bezahlt. Das ist jedem bekannt. Und hier, wo sich unser Staat so gut um seine Bürger kümmert, wo jeder eine Arbeit hat und die Krankenbehandlung kostenlos ist ..."

„Aber Gitti", unterbrach Friedl, „was nützt uns eine kostenlose Behandlung, wenn wir das Medikament überhaupt nicht bekommen?"

Resigniert schaute Brigitte zu Boden. Es war aussichtslos. Plötzlich schlug sie mit der Faust auf den Tisch und rief: „Aber wir müssen es bekommen!" Ihre Stimme überschlug sich. „Hörst du? Wir müssen!"
„Ich weiß, wie wir das machen. Ich schleiche mich über die Grenze."
„Bist du verrückt?!" Brigitte sprang auf. „Wenn du auf eine Mine trittst! Oder erschossen wirst! Nein, da spiele ich nicht mit. Nie!"
Aufgeregt lief sie in der Küche hin und her. Vier kleine Schritte vor und vier zurück.
Ruhig stand Friedl auf und nahm seine Frau in den Arm. „Ich bin fest entschlossen."
„Und wenn sie dich verhaften? Was wird dann aus uns? Aus Michael?"
„Aber Gittilein ..."
„Und selbst, wenn du durchkommst. Was dann? Du bist im Westen und ich mit dem Jungen hier. Meinst du, das hilft ihm?"
„Ich könnte das Insulin sofort schicken und ..."
„So ein Quatsch! Wenn es Tante Lore nicht schicken kann – wieso soll es bei dir plötzlich funktionieren? Nein", Brigitte schüttelte den Kopf. „So geht das nicht. Wir müssen zusammenbleiben. Wir ..." Sie überlegte kurz und klatschte dann in die Hände. „Wir gehen einfach zusammen."

„Wie stellst du dir das vor? Mich allein werden sie erschießen, aber zu dritt mit einem kleinen Kind sollen wir durchkommen?"

„Nein, so meine ich das nicht. Wir stellen einen Ausreiseantrag."

„Einen Ausreiseantrag?"

„Genau."

„Und du glaubst, das funktioniert?"

„Warum nicht?"

„Weil du nicht wissen kannst, ob sie den Antrag überhaupt annehmen, geschweige denn genehmigen."

„Wieso?"

„Wieso, wieso? Manchen warten vier Jahre, manche noch länger. Manche bekommen eine Absage und manche werden deswegen verhaftet."

„Verhaftet? Nur, weil wir einen Antrag stellen?"

„Aber ja! Und selbst, wenn sie uns nicht verhaften und uns nicht mal eine Absage schicken – willst du mehrere Jahre warten? Kannst du das? Weißt du, wie viel Zeit Michael hat?"

Brigitte ließ die Schultern hängen und setzte sich wieder an den schmalen Küchentisch. Sie stützte den Kopf in die Hände und überlegte.

„Ich hab´s!", rief sie aus. „Wir fahren am Samstag alle zusammen nach Prag."

„In die Tschechei? Wieso denn?"

„Ganz einfach deshalb, weil es das einzige Land ist, wo wir ohne einen Antrag hinfahren dürfen."
„Du hast Nerven. Ich zermartere mir den Kopf und suche krampfhaft nach einem Ausweg – und du sprichst von einer Wochenendfahrt nach Prag." Empört schüttelte Friedl den Kopf.
„Überlege doch mal! Prag ist eine Hauptstadt." Erwartungsvoll schaute sie ihren Mann an. Der zuckte unsicher mit den Schultern.
„Was gibt es in Hauptstädten?" Brigitte wartete keine Antwort ab. „Botschaften!"
Friedls Miene hellte sich auf. Wieso ist er nicht selbst drauf gekommen? Allerdings hatte er so seine Zweifel, ob man einfach so in eine Botschaft hineinlaufen kann. In Berlin war das nicht möglich, aber vielleicht in Prag. Dort könnten sie alles erzählen und um das Insulin bitten. Einen Versuch war es wert. Endlich mussten sie nicht mehr untätig warten. Endlich konnten sie etwas für Michael tun.

Vor dem Botschaftsgebäude tummelten sich viele Leute. Damit hatte Friedl nicht gerechnet. Aber er freute sich, denn er entdeckte weit und breit keine Uniformierten, vor denen er sich fürchtete. Sie konnten also unbeachtet durch die Menge schlüpfen und den Eingang suchen. Aber der war versperrt. Einige beherzte Männer rüttelten an dem hohen Tor, traten heftig mit den Füßen dagegen und riefen wütend durcheinander.

Plötzlich hörte er in all dem Lärm ein Martinshorn. Polizei! Er drückte seine Frau kurz an sich.

„Schnell, Schatz, klettere auf meine Schultern und springe über den Zaun. Schnell!"

Brigitte reagierte nicht.

„Mach! Sie werden jeden verhaften, Gitti, uns auch."

Brigitte stieg auf Friedls zusammengefalteten Hände, dann auf seine Schultern, zog sich an den Eisenstäben nach oben und sprang auf der anderen Seite ins Gras. Friedl stemmte den Kleinen nach oben. Er musste beide Arme weit über den Kopf heben, ehe Michael die oberste Sprosse erreichte.

„Spring, Michi! Die Mami fängt dich auf."

Michael zögerte und klammerte sich an den Stäben fest.

„Hab keine Angst, Michi. Spring!"

Brigitte stand direkt unter ihm und winkte ihm zu. Der kleine Junge schloss die Augen und sprang. Ehe Brigitte reagieren konnte fasste zwei kräftige Arme über ihr zu und reichten ihr das Kind. Friedl lächelte. Er freute sich, dass alles so gut ablief. Nur, wie sollte er selbst über den hohen Zaun kommen.

Die Bremsen der Polizeiwagen quietschten direkt hinter seinem Rücken. Türen schlugen zu. Stiefelabsätze knallten in schneller Folge über den Asphalt. Die Ewigkeit einer Schrecksekunde lähmte den jungen Mann. Dann umklammerte er das Eisen des meterhohen Zauns mit beiden Händen und zog sich nach oben. Schließlich stand er neben Brigitte und Michael und betrachtete verlegen seine blutenden Handflächen.

„Ich verstehe."
Geduldig hatte der Botschaftsbeamte die lange Geschichte von Michael und dem fehlenden Insulin angehört. Er notierte sich ihre Personalien und räusperte sich schließlich.
„Verstehen Sie mich bitte nicht falsch, aber viel Hoffnung kann ich Ihnen nicht machen."
„Kommen Sie auch nicht an Kontingentmittel?"
Der Beamte lächelte. „Doch, doch. Das ist nicht das Problem. Aber zuerst müssten wir die genaue Dosierung des Medikaments kennen. Die kann nur ein Facharzt bestimmen. Hier im Gelände gibt es nur einen praktischen Arzt, aber keinen, der sich mit Kindermedizin auskennt. Und erst recht keinen Spezialisten."
Er seufzte und schaute die jungen Leute an.
„Und selbst, wenn wir Ihnen ein Paket voller Insulin mitgeben, Sie kämen damit niemals

über die Grenze. Schicken dürfen wir es auch nicht, wir haben uns an die Gesetze der DDR zu halten."

Betreten schauten Brigitte und Friedl zu Boden. Sie waren bitter enttäuscht, doch der Beamte hatte Recht. Wie sollte es jetzt weitergehen?

„Wissen Sie, Sie kommen in einem sehr ungünstigen Moment. Wir haben zur Zeit mehr als 300 DDR-Bürger auf unserem Gelände. Sie alle wünschen eine Ausreise in die Bundesrepublik. Die gesamte Situation hier in der Botschaft ist im Moment äußerst schwierig. Die Presse hat sich eingeschaltet. Und wegen einiger bereits veröffentlichter Artikel sind wir wie abgeriegelt. Somit ist keine stillschweigende Einigung mit den DDR-Behörden möglich." Der Beamte hob und senkte die Schultern. Dann straffte er sich und bestimmte: „Es gibt für Sie keinen anderen Ausweg, als so rasch wie möglich wieder in Ihre Heimatstadt zurückzukehren und bei Ihren Behörden einen Ausreiseantrag zu stellen."

Brigitte wollte etwas sagen, aber der Beamte hob beschwichtigend die Hand und sprach weiter: „Ich habe Ihre Personalien notiert und werde diese an die zuständigen Stellen in Bonn und Westberlin weiterleiten. Sie können davon ausgehen, dass wir nach gründlicher Prüfung Ihres Antrages Ihren Ausreisewünschen

besonderen Nachdruck verleihen – soweit dies von unserer Seite aus machbar ist."
Brigitte stand auf und nahm Michael an die Hand. „Komm, Friedl, wie gehen!"
Auch der Beamte stand auf und reichte beiden zum Abschied die Hand. „Es tut mir sehr leid, aber mehr kann ich wirklich nicht für Sie tun."

Die kleine Familie verließ mit hängenden Köpfen die Botschaft und trödelte schweren Herzens durch Prag. Die Sonne schien, als wäre die Welt völlig in Ordnung.
„Stoi! Dokumenty!"
Brigitte zuckte erschrocken zusammen. Vor ihnen standen zwei Uniformierte. Ein deutsch sprechender Herr in grauem Anzug forderte: „Ihre Papiere, bitte!"
Während Brigitte längst in ihrer Handtasche kramte, wiederholte der Zivilist in barschem Ton: „Ihre Personalausweise! Schnell!"
Friedl übergab die Papiere, seine Frau schaute verängstigt zu.
„Heimatadresse?"
„DDR, Freiberg in Sachsen, Untermarkt 12."
„Was haben Sie in Prag zu suchen?"
„Wir? Wieso?"
„Werden Sie nicht frech!"

Brigitte trat einen Schritt zurück und umfasste Michaels Schultern. Friedl wollte verärgert wissen: „Wer sind Sie überhaupt?"

„Die Fragen stelle ich. Merken Sie sich das! Ich kann auch anders. Sie mitnehmen zum Beispiel, auf´s Revier. Oder den Jungen ..."

„Nein!" Brigitte hockte sich hin und legte die Arme schützend um Michael. Der Zivilist beugte sich zu dem Kind hinunter, tätschelte ihm die Wangen und fragte lächelnd: „Wie heißt denn der Kleine?" Dann richtete er sich ruckartig auf und erkundigte sich streng: „Rückfahrkarte?"

„Selbstverständlich", versicherte Friedl eilig.

Der Posten streckte die linke Hand vor und bedeutete mit den Fingern, dass er die Fahrkarten sehen wollte. Und zwar ein bisschen plötzlich. In der rechten Hand hielt er die beiden Personalausweise und klopfte damit ungeduldig gegen den linken Unterarm. Während er die Fahrkarten überprüfte, durchsuchte der Zivilist Brigittes Handtasche. Schließlich bestimmte er: „Sie begeben sich ohne weitere Verzögerung zum Bahnhof und fahren mit dem nächsten Zug nach Hause! Verstanden?!"

Der Schreck war ihnen durch Mark und Bein gefahren und saß ihnen noch lange in den Gliedern. Auch dann noch, als der Zug den Prager Bahnhof längst verlassen hatte. Sie hatten plötzlich Angst. Große Angst. Angst vor Entdeckung, als ob ihnen jeder den Fluchtgedanken vom Gesicht ablesen konnte. Sie wagten nicht, miteinander zu sprechen. Jemand könnte sie belauschen und anzeigen. Am Ende würde man sie verhaften. Sie vermieden sogar, sich anzusehen. Brigitte streichelte den kleinen Michael, der auf ihrem Schoß zusammengekauert schlief.

Montag.
Friedls Schicht begann wie immer 5:30 Uhr. Max, der zweite Ofenmann, stand breitbeinig auf Friedls Platz und prüfte, ob es Zeit für den Abstich war.
„Glück auf, Max."
„Sollst rüber zum Brigadier kommen. Gleich."
Max sprach leise und sah seinen Freund nicht an dabei. Friedl duckte sich. Was hatte das zu bedeuten? Langsam drehte er sich um und ging hinüber in Halle zwei. Längst stand er vor dem Glaskasten, der den Brigadier vom Lärm in der Halle abschirmte. Doch er wagte sich nicht zu ihm hinein; warum, das wusste er selbst nicht. Er hatte nur so einen unbestimmten Druck im Magen. Schweren Herzens trat er schließlich ein.
„Glück auf, Heinz."

Der Brigadier schaute nicht auf von seinen Zetteln und Blöcken. Er notierte Zahlen in lange Listen und bemerkte wie nebenbei: „Du arbeitest ab sofort am Drehofen an den Rückständen. Als Springer. Gustav sagt dir, welche Schicht jemanden braucht."
„Warum an die Drehöfen?"
„Frag nicht so blöd! Hab meine Anweisungen."
Friedl ging hinüber zu den Drehöfen und überlegte sich einen Grund, weshalb man einen ersten Ofenmann wie ihn als Springer, als Handlanger einsetzte. Mit seinem kurzen Besuch in der bundesdeutschen Botschaft in Prag konnte das kaum zusammenhängen. Oder doch? Das Grübeln half nichts.

Jetzt musste er darauf achten, dass kein Erz von den acht Förderbändern fiel, dass beide Bunker für den Ofen gefüllt waren und die Trichter an den Bandenden nicht verstopften.
Heute pappte Regen den Dreck zu festen Klumpen zusammen, die ständig vom Band rollten. Die dicken Batzen blieben im Trichter hängen. Friedl musste sie mühevoll frei klopfen. Das hieß: alle Bänder abschalten, hin und her laufen, klopfen, schaufeln – immer wieder. Ohne eine Minute Pause seit sechs langen Stunden.

Friedl stützte sich auf die Schaufel und starrte erschöpft in die vor Hitze flimmernde, staubige Luft. Seine Arme und Beine gehorchten ihm kaum noch. Sie waren schwer wie Blei. Der feine Staub kroch durch den Schutzanzug in jede Pore und rieb die Haut wund, kratzte im Hals und tief in der Lunge und brannte in den Augen.
„He! Lauf mal rüber zum Rohr! Die Schlacke sitzt fest."
Friedl schlurfte hinaus. Der Regen tat gut. Er atmete tief durch. Dann holte er noch einmal Luft und stieg ins Rohr. Die Schlacke war so dicht geworden, dass er kaum noch aufrecht stehen konnte.
Er fluchte: „So´n Mist! Hat der alte Otto wieder mal geschlafen. Sicher wieder besoffen vom Grubenfusel. Und ich kann mich hier schinden."

Otto war Sprengmeister. Er liebte den hochprozentigen Lohnzusatz mehr als die Arbeit und trank ihn schon, bevor er zur Schicht kam. Manchmal blieb er ganz zu Hause. Außer Otto durfte sich keiner eine Bummelschicht erlauben. Otto hatte Narrenfreiheit, denn Otto war ein Verfolgter des Naziregimes. Die Gestapo hatte 1944 den damals elfjährigen Jungen erwischt, als er Flugblätter verteilte und ihn ins KZ Buchenwald gesperrt. Dieses knappe Buchenwaldjahr bildete noch vier Jahrzehnte später die Basis von Ottos Leben. Die Kombinatsleitung war stolz darauf, einen Mann mit solch einer Vergangenheit als Sprengmeister zu haben und führte ihn wie eine seltene Ware bei jedem Staatsbesuch vor. So, als sei Ottos Vergangenheit ihr persönlicher Verdienst.

Auch jetzt saß Otto in irgendeiner Versammlung oder lag einfach nur im Bett. Das wusste keiner so genau. Seine Arbeit mussten die Kumpel übernehmen.

„Haste die Sprenglöcher gebohrt?"

„Wird Probleme geben, die Schlacke ist zu dick."

„Ach was. Wir haben weder Zeit noch Leute, um den Brei von Hand freizuklopfen. Außerdem nicht so viele Bohrer. Nun mach schon! In einer Stunde ist Schichtwechsel, da muss die Sache vergessen sein."

Vierzig Minuten später hatte Friedl drei winzige Löcher für die Sprengung gebohrt. Er schwitzte und wusste nicht, ob vor Anstrengung oder vor Zorn. Die Stunde war um. Sechs Löcher, sechs Sprengkapseln – das reichte nie im Leben.

Eine Sirene heulte auf und warnte die anderen Kumpel. Friedl zählte die Sekunden. Jetzt! Ein

Knall! Noch einer. Und wieder einer. Ohrenbetäubendes Bollern. Dann Totenstille.
Noch ehe sich der schwere Staub gesetzt hatte, rannte Friedl vor Ort. Es sah schlimm aus. Ein drei Meter langer Riss lief schräg über die Außenwand des Rohres. Friedl stieg hinein. Zwischen zwei Sprenglöchern entdeckte er eine dünne Linie, kaum zu sehen. Sie reichte bei weitem nicht aus, um die Spannung zu lösen und den dicken klebrigen Schlackering zerspringen zu lassen. Die ganze Schinderei war also umsonst gewesen. Zu allem Unglück musste nun obendrein die Außenwand neu vermauert werden. Das kostete wertvolle Tage, in denen der Ofen nicht beschickt werden konnte. Zum Verzweifeln!

Umständlich kletterte Friedl aus dem Rohr. Er rieb sich die verklebten, brennenden Augen. In dem Moment riss man ihn an seinen Armen und drehte sie hart auf den Rücken. Halb gebückt wurde Friedl weggezerrt und in einen Raum gestoßen. Dort saßen bereits Kombinats- und Parteileitung, die vier Gewerkschaftsfunktionäre, der Brigadier und Gustav. Alle blickten finster auf Friedl.
„Ohne Zweifel haben wir es mit Sabotage zu tun. Sabotage in besonders schwerem Ausmaß. Genosse Friedrich Lehmann ...",

Friedl spürte die stechenden verächtlichen Blicke wie harte körperliche Berührungen.

„... erschlich sich unser Vertrauen, täuschte jahrelang Zuverlässigkeit vor und war vielen Kumpel als erster Ofenmann ein Vorbild. Erst heute zeigte er sein wahres Gesicht. Er versuchte, das Aufbereitungswerk unseres Kombinates in die Luft zu sprengen."

„Spinnt ihr? Sprengen ist immer ein Risiko. Vor allem, wenn die Schlacke so dick sitzt wie heute. Das wisst ihr genauso gut wie ich. Dem Otto ist das schon zig Mal passiert."

„Otto Preußer? Sie wagen, einen Verfolgten des Naziregimes zu beleidigen? Das passt zu Ihrer Schandtat."

Friedl duckte sich. Was der Brigadier sagte, war kompletter Unsinn. Und keiner duzte ihn wie es unter Kumpel üblich war.

„Nehmen Sie zur Kenntnis, dass wir bereits die nötigen Schritte eingeleitet und den Fall der Staatssicherheit übergeben haben. Ab sofort ist Ihnen strengstens untersagt, das Werksgelände zu betreten."

Zwanzig Minuten später holten vier Männer in grauen Anzügen Friedl ab und begleiteten ihn zu einem Auto. Eingekeilt zwischen zwei Männern saß er auf dem Rücksitz, auf dem Schoß hielt er seine Sachen und die Tasche mit

der Thermoskanne. Zum Duschen und Umziehen hatten sie ihm keine Zeit gelassen. Dunkle Sonnenbrillen verdeckten die Augen der Männer, obwohl es noch immer regnete.
Friedl schaute aus dem Fenster, auf das Werktor, das sich hinter ihm schloss.
„Seit meiner Lehre gehe ich hier jeden Tag durch, seit 14 Jahren. Bin Hüttenfacharbeiter."
Keiner der Männer reagierte. Jetzt bog der Wagen nach rechts ab. Sie fuhren über den Platz der Freiheit und die Straße des Friedens entlang. Fast hätte er sein Haus sehen können, in dem er mit seiner kleinen Familie wohnte.
Plötzlich drückte eine harte Hand seinen Kopf nach unten und presste ihn grob gegen die Knie. Wangen und Rücken schmerzten. Der Wagen hielt. Eine Schranke öffnete sich, im Schritttempo ging es wenige Meter weiter. Ein Tor. Dahinter war es stockdunkel. Es schallte und dröhnte, als sich mehrere Stahltüren schlossen. Friedl bekam eine schwarze Mütze über den Kopf gezogen und musste aussteigen. Zwei grobe Hände, die wie Metallklammern seine Oberarme umspannten, führten ihn nach links. Dann rechts entlang, vier Stufen hinauf, eine Treppe hinab.

Endlich durfte Friedl wieder sehen. Er stand mitten in einem schmalen Raum ohne Fenster.

Eine Neonleuchte blendete ihn. Nur schemenhaft nahm er direkt vor sich einen jungen Mann in einer grauen Uniform wahr, der wortlos Personalien tippte. Friedl erkannte seinen eigenen Personalausweis und auch das Foto von Gitti und Micha, das er immer bei sich trug.
„Kommen Sie!"
Friedl ging in die einzig mögliche Richtung. Dort im Nebenraum griff eine andere graue Uniform wortlos nach Friedls Daumen, rollte ihn über ein schwarzes Brett und drückte ihn auf ein weißes Blatt Papier. Von jedem Finger wurde solch ein Abdruck gemacht, zuletzt von der gesamten Hand.
„Heben Sie den Kopf und halten Sie still!"
Drei Blitze für drei Fotos – eins von vorn und eins von jeder Gesichtsseite. Friedl schloss die Augen. Angeekelt spreizte er seine klebrigen Finger und wünschte, alles wäre nur ein böser Albtraum.
„Ziehen Sie sich aus!"
Langsam öffnete Friedl den dreckigen Arbeitsanzug. Brigitte konnte den Hüttengestank nicht ertragen. Wenn er samstags nach der Nachtschicht leise zu ihr ins Bett kuscheln wollte, hetzte sie ins Bad und musste sich übergeben. Das hatte sich in den sieben Ehejahren nicht geändert. Am heftigsten reagierte ihr Magen, wenn er in der Schwefel-

abteilung aushelfen musste, obwohl er sich nach der Arbeit immer gründlich duschte und sogar die Haare wusch.
Und heute war er nicht einmal gewaschen. Seine sonst schwarzen Haare starrten grau und drahtig zu Berge, sein ölverschmierter Körper stank nach Schlacke, Angst und Schweiß. Selbst die Unterwäsche klebte steif vor Dreck und Nässe an seinem Körper. Friedl schämte sich.
„Bücken!"
„Grätschen!"
Friedl zuckte zusammen. Eine fette Uniform betastete Friedl, ein derber Finger fuhr direkt in seinen Hintern. Am liebsten hätte Friedl um sich geschlagen, aber auf einmal war ihm eher nach Weinen zumute. Blutdruck, Größe und Gewicht – alles wurde wortlos in einer vorgedruckten Liste festgehalten.

Man schob ihn in einen kleinen Raum und verlas die Anklage. Friedl begriff nicht den Sinn der Worte, ahnte nur die Bedeutung. In seinem Kopf hallte es: „Im Namen des Volkes. Schwere Sabotage."
Plötzlich war er ein Verbrecher.
Hinter ihm schloss sich eine dicke Stahltür. Krachend schnappte ein Riegel, drehten sich Schlüssel. Friedl war allein in einem spärlich

beleuchteten Raum ohne Fenster. Durch eine doppelte Reihe Glasbausteine fiel dämmriges Licht. Außer einem winzigen Bettkasten gab es noch einen Hocker, ein Waschbecken und eine Kloschüssel. In der Tür ein winziges Guckloch für den unsichtbaren Posten und eine Klappe, die nur von außen zu öffnen war. Keine Türklinke, kein Lichtschalter.

Eine Zelle.

Weitere Veröffentlichungen von Petra Weise:

Interessante Erinnerungen aus dem ungewöhnlichen Leben der Autorin gibt es in **„Ein halbes Leben"** und den Fortsetzungen **„Ein ganz anderes Leben"** und **„Das Leben geht weiter"**.

Im Roman **„Der andere Vater"** erfährt die zwölfjährige Marion, dass ihr Vater gar nicht ihr Vater ist. Erst zwanzig Jahre später kann sie sich auf die Suche nach ihren Wurzeln machen.

„Ich besuche dich trotzdem", sagt im gleichnamigen Roman eine Tochter zu ihrer dementen Mutter.

„Eine unbestimmte Ahnung" enthält 32 ungewöhnliche und seltsame Kurzgeschichten, sinnlich wie das Leben, das die besten Geschichten schreibt.

„Farbige Geschichten." Hier dreht sich in 29 lustigen, traurigen, dramatischen oder alltäglichen Kurzgeschichten alles um Farben.

„Liebeslügen oder der ganz normale Wahnsinn" bietet 15 spannende Geschichten über die Liebe - wahre Liebe, vorgespielte Liebe, enttäuschte Liebe, betrogene Liebe.

„**Mein Hund Benno** – tierische Begegnungen" ist ein unterhaltsamer Roman über die Abenteuer der beiden komplett verschiedenen Familienhunde der Autorin.

Petra Weise wurde 1954 in Freiberg/Sachsen geboren und lebt nach zahlreichen Wohnungswechseln durch Hessen und Bayern seit 1993 wieder in ihrer Heimat Sachsen.

Sie liebt das Erzgebirge mit all seinen Traditionen und fühlt sich auch in den Alpen wohl. Wenn sie nicht schreibt oder liest, wandert sie gern mit ihrem Hund durch den Wald oder spielt Klavier.

www.autorinpetraweise.de